きみはいい子

中脇初枝

ポプラ社

目次

カバー写真
岩崎美里

ブックデザイン
アルビレオ

きみはいい子

サンタさんの来ない家

その子は、いつも給食をおかわりして食べた。

でも、ちっとも太らず、やせっぽっちだった。いつも同じ服を着ていた。

なにかがおかしいと、教師になって二年目のぼくでも、さすがに気づくべきだった。

気づけなかったのは、ぼくのクラスが崩壊しそうになっていたから。


大学を出てはじめての着任校、桜が丘小学校は、区内最大の児童数を有していた。あと少しで、千人をこえるという。

「はじめてで一年生はきついと思うかもしれませんけど」

一年生の教室に入りながら、校長はぼくをふりかえり、ほほえんだ。

「今年の一年生はラッキーなの。」

髪を真っ黒に染め、白粉《おしろい》を塗りたくっているので、何歳なのか全然わからない。化粧の厚みからすると、定年に限りなく近そうだ。

「これでも一クラスの人数が少ないの。五クラスになったからね。去年の一年生も一昨年の一年生も、四クラスで四十人ぎりぎりで、たいへんだったんだから。」

校長は教室を横切り、窓べに立って、外を見た。顔は白いのに、首は黒い。

「ちょっと前までこの丘は、見渡すかぎり森と畑だったらしいんだけど、今はね。それがみんなこの学校に来るんだから。」

二階の窓からは、学校をぐるりとかこむ、家々の屋根と、マンションしか見えない。空は、三角や四角の屋根のむこうにひろがる。

「ああ、今日は富士山が見える。」

それと言われなくては気づかないほどにうす青く、マンションの給水塔の脇に、富士山が頭をのぞかせていた。

「校歌にも歌われてるのよ。マンションができてから、ほとんど見えなくなったけど。」

学校のまわりだけではない。学校の立つ丘の斜面にも、斜面につながる平地にも、べったりと家とマンションが立ちならぶ。最寄り駅から歩いて十五分。ぼくは、家とマンションで埋めつくされた町のすきまを歩いて、この学校へ来た。

かろうじて残る緑といえるものは、校庭のはしに植えられた、桜の木だけ。それも異様に貧弱だ。ひょろりとのびる枝先に花はぱらぱらと咲いているが、入学式を盛りあげるのはとうてい無理だ。

「この学校は、何年前にできたんですか。」

校長はぼくの視線の先に気づいた。

「来年、四十周年を迎えるの。桜がわびしいでしょ。わたしが来たときは立派な桜並木だったんだけどね。まわりの家から、大きくなりすぎてじゃまだし、倒れたら危ないし、落ち葉が迷惑だって苦情が出てね、切り倒したのよ、みんな。だからこの桜は、去年植えられたばかりなの。」

「そんな」

つぶやいたぼくをふりかえって、校長はふっとわらった。

「桜が丘小、なのにね。でもね、おぼえておいて。この学校はね、そういう学校なのよ。」

校長は続けてなにか言いかけた。そのとき、階上から、だだだだだと大きな音がした。工事がはじまったらしい。

校長は開いた口を閉じ、天井を見上げた。ぼくもつられて見上げた。白い天井には無数の穴が不規則にならんでいる。この穴はなんのためにあいているんだろう。ぼくの通った小学校も同じだった。

「視聴覚室をね、つぶしているの。教室が足りなくてね。」

「そんなにふえてるんですか。」

「どこまでふえるかわからないの。こわいくらいよ。校長のわたしでさえ、知らない子だらけなのよ。」

夕暮れの近づく校庭では、こどもたちが遊んでいた。野球をしている子もサッカーをしている子もいる。鉄棒にむらがっているのは女の子が多い。ジャングルジムで鬼ごっこをする子たちもいる。

無邪気だなあとそのときは思っていた。まだ春浅い、夕暮れ。寒いのに、元気だなあと思っていた。あのとき見下ろしていたこどもたちの中に、まちがいなく、あの子もいたはずだった。

でも、ぼくには見えなかった。

そもそも、あのとき、ぼくにはこどもがひとりひとりばらばらなんだということさえ、わかっていなかった。

校長は窓べでつぶやいた。

「よせあつめの町、よせあつめの家、よせあつめのこども、よせあつめの」

さすがに先生と続けるのははばかられたらしく、ぼくをふりかえって、にっこりとわらった。厚い化粧でおおわれた顔は能面のようにのっぺりしているが、赤く塗られた唇だけはよく動く。

「まあ、先生も一年生、生徒も一年生。一年生同士、フレッシュな気持でねっ」

校長はぼくの肩をぽんぽんとたたいた。

「はい。」

真っ黒に染めた白髪頭を見下ろして、ぼくはうなずいた。頭のてっぺんのつむじだけ、おどろくほど白い。

なにが「はい」なのか。

なにもわかっていなかった。

あのときのぼくを、ぼくは軽蔑する。


入学式が終わって、あらためて教室でこどもたちとむかいあったとき、ぼくはびっくりした。

こどもたちはあまりに小さかった。くしゃくしゃと丸めて投げられそうだ。

教育実習では五年生のクラスに入らせてもらったので、一年生がこんなに小さいとは、思ってもみなかった。

言葉が通じるのかな。

ぼくはそんな不安にかられ、なかなか最初の一声を出せなかった。でも、たくさんの小さな目が、ぼくをじっとみつめている。

「入学おめでとう。」

ぼくはやっと言った。これは最初に言うように、学年主任から教えられていた。

「保護者のみなさまも、今日は、おめでとうございます。」

ぼくは、こどもたちのうしろで、着飾って、ずらりとならぶ保護者に頭を下げた。

これも、学年主任に教えられた。おとうさんおかあさん、親御さん、父兄のみなさんはNG。おとうさんもおかあさんもいなかったり、来ていなかったりする可能性がある。また、父兄という言葉は母を抜いているので現代にはそぐわない。たしかに、見まわすと、あきらかにおじいちゃんやおばあちゃんと思われる年配のひとたちがまじっている。

「今日からみんなの先生になる、岡野匡《ただし》といいます。先生はみんなと同じ、先生一年生です。みんなも小学校一年生だから、みんなと先生は同じ一年生です。なかよく勉強をがんばりましょう。」

保護者の間からぱらぱらと拍手がおきた。

「それでは、出席をとります。名前を呼ばれたら、返事をしてください。青山雄大さん。」

「はい。」

こどもは男女の別なく、さんづけでよぶようにと、副校長に言われていた。学校で家庭科を学び、男女混合名簿で育ったぼくには、なんの違和感もなかったが、あらためて言われないと気づかないことだった。今どきの子の名前はやっかいだから、前もって出席簿によみがなをふっておくように教えてくれたのも、副校長だった。

雄大と書いてゆうた、久蘭羅と書いてくらら、宇宙と書いてそら、瑞々と書いてすず。読めない名前が続く。赤ペンで大きくよみがなをふった出席簿をみつめ、まちがえずに最後まで出席をとりおわったときには、ほっとした。

うしろでは、保護者がにこにこほほえんでいる。

なんだ、大丈夫じゃないか。

そう思ったぼくはあまかった。

言葉は通じていた。こどもたちはよく話をきいてくれた。

それでも、集団下校指導が終わり、個別下校になった翌日早々に、クラスの男の子三人が、下校途中の民家の玄関ブザーを鳴らした事件があった。

はじめての受け持ち児童の起こした問題で、ひとりで謝罪にいくことになった。ジャージを着替え、ネクタイを締めてうかがうと、優しそうなおばあさんが、古い平屋建ての家の奥から出てきた。

　ぼくが玄関に立ったまま謝ると、おばあさんはわらって許してくださった。

「毎年のことですから、慣れてますよ。こどもは元気なのが一番です。」

　きくと、学校ができる前からこの家に暮らしているという。

「桜の花びらがここまで飛んでくるんですよ。それをほうきではいていると、春が来たって思うんです。」

　その桜が植えかえられたことを、このおばあさんは知らない。ぼくはまた頭を下げた。

「先生様に謝っていただくなんて。」

　おばあさんの言葉はいつまでもぼくの耳に残った。そう呼ばれていた時代もあったのだ。

　この件は、迷惑になるからやめるよう、クラス全員に話をしたら、二度とくりかえされなかった。

　おそれていた、今はやりの、授業中に歩きまわるこどももおらず、ぼくのクラスは静かに日々を重ねていった。

　そんなある日、女の子がひとり、授業中におもらしをした。

ほかの子たちの手前、必ず休み時間にトイレに行くように言ってから、ぞうきんで床をふき、女の子を保健室に連れていって、保健の先生に着替えさせてもらった。

放課後、その女の子の母親から電話がかかってきた。副校長から電話を取りつがれたとき、てっきり、おもらしの処理のお礼を言われるのだと思った。もしくは迷惑をかけたことに対する謝罪を。

母親は名乗るなり、話しはじめた。

「先生、今日は娘が授業中におもらしをしたそうですね。ご迷惑をおかけして申し訳なく思います。」

「いいえ、これも仕事ですから。」

「お着替えもお借りしましたが、洗濯して持たせます。」

「はい。」

「ところで先生。」

「はい。」

ぼくはまだのんきにうなずいていた。

「どうして娘がおもらしをしたか、おわかりですか。」

ぼくはそのときはじめて、母親の電話の目的は、お礼でも謝罪でもないことを知った。

「先生は、授業中にこどもたちをトイレに行かせないそうですね。」

「いえ、そんなことはありません。トイレに行きたがる子がいれば」

言いかけた言葉は、遮られた。

「娘が言いますには、こわくてとても言えないそうです。だからいつもずっとがまんしていたそうです。ほかのお子さんもそうなんだそうですよ。先生は、よそのおうちのベルを鳴らした子や、最初にトイレに行きたいと言った子を、ずいぶん叱ったそうですね。もちろん、ご指導は大切だと思いますが、もらしてしまうほどトイレをがまんするような、それほどに叱る必要はなかったんじゃないですか。まだ小学校に上がったばかりなんですから。」

ぼくに心当たりはなかった。それほどにぼくは鈍かった。ぼくは、これが噂のモンスターペアレントだと思い、その場を逃れるために、ただ謝った。話を右から左にききながしながら、ぺこぺこ謝った。この母親だけが特別だと思っていた。

次の日から、授業中にもらす子がぽつぽつ出るようになった。また、放課後になると、保護者から電話がかかってくるようにもなった。連絡帳にも、毎日のようにだれかしら、なにかしらぼくへの不満を書いてきた。風邪もウイルス性の病気もはやっていないのに、体調不良で休む子が出はじめた。それでもぼくは、最初にもらした子の母親が、まわりの親を煽動しているんだと思っていた。

埒《らち》があかないと感じた保護者たちは、学年主任、副校長、しまいには校長やＰＴＡ会長にまで、ぼくに対する不満を伝え、改善を求めた。やがて先生たちがひんぱんに、ぼくのクラスをのぞくようになった。そしてとうとう、ぼくは校長室に呼びだされ、校長、副校長、学年主任から、それぞれ、注意をうけた。

「先生、きびしすぎます。」

最初に口を開いたのは学年主任の先生だった。

「まだ一年生なんだから。」

「そもそも、言い方がきつすぎますね。」

校長もうなずいた。

「笑顔がないんですよね。いつも怒ってるみたいです。」

副校長も言った。

それからは、三人が、かわるがわるぼくを責めた。

「ペンでこどもを指すのはすぐにやめてください。危ないし、失礼ですよ。指さすのもいけません。あてるときは、手のひらを使って指すんですよ。」

「こどもが話すときに腕組みはしないほうがいいですね。構えられるとこどもはおびえます。」

「こどもがトイレに行きたいと言いだしたときにこそ、にっこりとほほえんであげてください。やっとの思いで言ったのですから。言いだしたことをほめてあげるべきです。」

「教室のうしろの扉を開けておくといいですよ。こどもがいつでもトイレに行けると、安心感を持って学習することができますから。」

そんなこと、大学では習わなかった。はじめてきくことばかりだった。ぼくはうつむいてメモを取った。耳が赤くなるのがわかった。

「岡野先生、ちょっとしゃがんでみてください。」

話が途切れたとき、副校長が言った。

ぼくが戸惑うと、副校長は学年主任にたずねた。

「この前の測定、一年生の平均身長はどのくらいでしたか。」

「だいたい一一五センチくらいですね。」

「岡野先生、一年生になってみましょう。しゃがんでみてください。」

副校長がくりかえした。ぼくは腰をかがめた。

「そうですね、もう少し低いかな。」

学年主任がぼくの頭を軽くおした。ぼくはもう少しかがんだ。

「そう、それくらい。」

「どうですか。わたしを見上げてみてください。」

副校長が、バーコード状態の頭から、前髪が一束流れて落ちたのをかきあげ、かがんだぼくを見下ろした。

「これが一年生から見る先生です。」

「どうですか。」

校長と学年主任も、ならんでぼくを見下ろした。

「岡野先生はわたしよりずいぶん背が高いですから、こどもたちからはもっと大きく見えています。」

ぼくははじめて知った。

こどもたちが小さいとしか、思っていなかった。そうではなくて、だいじなことは。

ぼくは大きすぎる。一年生にとって、ぼくは大きすぎたのだ。

「だから、こどもの話をきくときは、かがんで話をきくんですよ。」

「はい。」

ぼくはうなずいて、腰をのばした。

ぼくはほっとしていた。今書きとめたことを実行すれば、うまくいく。たったそれだけのことだと思っていた。

次の日から、ぼくはかわった。

こわがらせちゃいけない。

そればかり考えるようになった。

いつもほほえむ。腕を組まない。ペンでこどもを指さない。大きな声を出さない。教室のうしろの扉を開けておく。トイレに行きたいと言った子をほめる。話をきくときにはかがんで目線を合わせる。全ては手帳に書いた通り。

ぼくがかわると、こどももかわった。

トイレに行きたがる子が続出するようになった。

なんでこどもっていうのは、こんなにトイレに行きたがるんだ。

ふしぎなほどに、こどもたちは、授業がはじまるとトイレに行きたがった。これほどに行きたいものを、ぼくがかまんさせていたのだ。逆にいえば、これだけこどもたちが自分を出せるようになったのは、ぼくの対応がよくなったからだ。

ぼくは自信を取りもどした。

のびのびと育つこどもを見守る教師。

理想だった。一年目にして、そんな教師になれた気がしていた。

数日後。月曜日の五時間目の算数の授業がはじまって、しばらくしたときだった。

一番うしろの席の男の子が手をあげた。

「先生、トイレ行っていいですか。」

ぼくは慣れない笑顔で、すっかり筋肉痛になった頬を、痛みとともに引きあげながらうなずいた。

「よく言えたね。静かに行っておいで。」

「先生、ぼくも行きたい。」

ひとりが立ちあがったと思うと、別のひとりが手をあげた。

「うん、いいよ。静かにね。」

うなずいてから、ひとけたの引き算の説明を続ける。

「七人で遊んでいました。夕方になったので六人が家に帰りました。」

はじめのひとりがもどってきた。そのとき、また別のひとりが手をあげた。

「先生、わたしもトイレ。」

「はい、じゃあ、静かに行ってきてください。」

「先生、ぼくも行っていい？」

「先生、わたしも行っていいですか。」

　にこにこしているうちに、教室は、いすを引いてすわる音、立ちあがる音、机にぶつかる音、筆箱の落ちた音、教科書の落ちた音でいっぱいになった。

「やめてよ。」

「ごめん。」

「いいよ。わたしも行こうっと。」

「あやちゃん、いっしょに行こうよ。」

　ぼくがとどめる前に、こどもたちはトイレへの巡礼をはじめた。旅立つもの。帰還したもの。途中で新たな旅に出かけていくもの。

「残って遊んでいるこどもは」

　もう一度言いかけたが、あきらめた。ぼくは、式を書きかけていた右手のチョークを下ろした。

　ほとんど全てのこどもが、席を立っていた。

がたがた。ばらばら。がちゃん。がたん。ぱたぱた。ばたばた。がたがた。がたがた。

　こどもたちの声と、こどもたちのたてる音が、教室いっぱいにわんわんとひびいて、ぼくにせまる。席についていたときにはひとつのかたまりだったこどもたちが、音とともにくずれて、ばらばらのかけらになって、ちらばった。そのかけらは教室の外にまで飛びちっていった。

ぼくのクラスの、崩壊のはじまりだった。

もともと、教師を目指していたわけじゃない。

県立高校から指定校推薦で入った私立大学の学部が、たまたま教育学部だった。

母が自宅でピアノ教室をやっていたから、ピアノが弾けた。ピアノが弾けずに、やむなく中学校や高校の教師をえらぶ同級生が多かったので、競争率が低くなるかと、小学校教諭をえらんだ。

そもそも、自分が小学生のときの先生に、いい印象がない。

おばさんの先生ばかりで、すぐに怒るひとが多かった。しかも、怒る理由がよくわからなかった。たいていそういうひとは、髪が縮れていて、化粧が濃くて、首と顔の色が違っていた。

二年生の図工の時間のとき、なんでも要領がよかったぼくは、一番に絵を描きあげた。先生に見せて、これからなにをすればいいかきいたら、天井の穴の数でも数えてなさいとどなられた。

水曜日、筆箱を忘れたら、家まで取りにかえらされた。二時間目の半ばに教室にもどったら、筆箱の中に消しゴムが入っていなかった。また取りにかえらされ、もどったときには給食の時間で、ぼくはその日、授業を受けられなかった。

なにかあると、すぐに、家に帰れとどなる先生がいた。ある日、ぼくもどなられたので、ランドセルをしょって帰ろうとしたら、帰るばかがいるかとまたどなられた。

思いかえすと、そんな先生ばかりだった。

でもしかたない。競争率の低いほうをえらんだ以上は、小学校の先生になるしかない。安定した職業だと、家族は喜んでくれた。教員採用試験に失敗して、語学学校の講師になった友達には、そう言ってうらやまれた。

はじめて受け持ったクラスの授業が成立しなくなったとき、ぼくはあらためて、その言葉の意味を知った。

学級崩壊がはじまったのは六月。ぼくは、それからもずっと、クラス担任でありつづけた。校長や副校長、教務主任や副教務が、ぼくのかわりに授業をすることが多くなったが、それでも、ぼくは担任のままだった。

教師というのは、こちらから言いださなければ、やめさせられることがないのだ。

たとえ、ぼくみたいな、だめ教師でも。

安定しているって、そういうことだった。

せめて、ぼくは毎日、学校へ通った。ピアノ教師の母と、元商社マンの父、出戻りの姉にはげまされながら。

ぼくは、来年度の希望学年調査を、一年生と六年生以外で出した。一年生と六年生にとっても、そのほうがいいだろう。いっそのこと、希望学年はなしにしたいくらいだった。

なんとか一年の終わりが近づくと、校長室に呼びだされた。

「来年度は、岡野先生には、四年生を持っていただきますね。」

今年の三年生は、一番人数が多い。一年前に校長は言っていた。それよりは一年生のほうが人数が少なくていいだろうと。

ぼくの不安げな顔を見て、校長はほほえんだ。

「人数は三十八人。たしかに多い。でも、岡野先生に持っていただくクラスには、手のかかる子がいませんから。来年度の本校のクラスで、そういうこどもがいないのは、岡野先生のクラスだけになるの。だから、大丈夫。学年的に、四年生は一番落ちついてるし。」

「でも、ぼくが担任でいいんでしょうか。」

思わず、本音が出た。校長はあいかわらず赤い唇でにっこりわらって、ぼくの肩をぽんぽんたたいた。

「なに言ってるの。去年たいへんだったのはこちらの配慮不足。先生はこの一年、ずいぶん成長しました。大丈夫よ。」

ぼくはわかった。

なんで、ぼくが小学生のときの担任の先生が、あんなにひどいひとばかりだったのか。

「個別支援学級の児童に、交流に入ってもらいますね。岡野先生、ご経験ないでしょうけど、大丈夫。そのときは必ず、個別級の先生につきそっていただくよう、お願いしますから。」

校長の声が遠くきこえた。

そして、ぼくも、そのひとりになろうとしていた。


たしかに、四年生は落ちついていた。

だれも授業中にトイレに行かない。もちろんおもらしもしない。授業中にしゃべる子も、うしろをふりむく子も、ほとんどいない。漢字の説明も筆算の説明も、存分にできた。

給食もこぼさない。食缶をひっくりかえす子もいない。そうじの時間、ほうきでチャンバラをする子も、ぞうきんでスケートをする子も、せっけんでホッケーをする子もいない。

だけど、なにかがへんだった。

授業中、みんなこちらを見ているのに、だれもしゃべっていないのに、ぼくはひとりぼっちのような気持になった。

さめている。

一言で言えば、そんな感じだった。

だれも本心を出してないような、素顔をさらしてないような、そんな感じ。ぼくは教科書の内容だけを、毎日、なぞった。やがて、こんなものかなと思うようになった。

五月の連休明け、放課後の教室に、紙切れが落ちていた。四つに折られていた紙をひろげると、緑色の字で、「清水キモイ。死ねば。」と書いてあった。

清水さんは色が白くて、髪の長い、きれいな女の子だ。嫉妬されても無理はない。

次の日、ぼくは清水さんを気をつけて見ていた。

どちらかというとおとなしい子で、このごろはっきり形をとりはじめてきたグループのどこにも入っていない。中休みは本を読んでいることが多い。おそらく、女子グループのひとつで、あの紙を回したのだろう。

清水さんを中心に見ていると、女子グループはだいたい三つに分かれていて、大きなグループふたつの仲がわるいこともわかってきた。ひとつのグループは、いつもミニスカートを穿いてくる、星さんという大人っぽい子が中心になっていて、もうひとつのグループは、勉強のよくできる佐藤さんやリレーの選手の吉澤さんたちが集まっていた。色気ばっかで頭がからっぽだとかメガネザルだとかゴリラだとか、別のグループの子の悪口を書いたノートを、グループの中で交換していることもわかってきた。

ぼくは不要なノートを学校へ持ちこむことを禁じた。すると、今度はシールをごてごてと貼った手紙を交換するようになった。いたちごっこだなと思いながら、ぼくは不要な手紙を学校へ持ちこむことを禁じた。

すると、教室でおしゃべりがはじまった。ぼくがこどもたちにむかってしゃべっているときはだまっているが、背中をむけて板書しはじめると、ささやきあう。それはだんだんひどくなっていったが、注意しようとむきなおると黙るので、どうしようもない。

一方、男子は男子で、ささいなことでけんかをするようになった。

桜が丘小は前期と後期の二学期制なので、六月には運動会が終わる。終わってしまうと、なんとなくけだるさが出て、気がゆるむ。ぼくはみんなの気持を盛りあげようと、一時間つぶして、ドッジボールをしてみた。

ところが、それが裏目に出た。最後のひとりがボールを受けたとき、線を出た出ないで、けんかがはじまった。勉強ができて活発な小野さんと、勉強はできないけど、サッカーのうまい大熊さんが、なぐりあいのけんかをはじめた。

桜が丘小では、こどもたちもお互いに名字にさんづけで呼びあっていたが、さんづけになったからといって、こどもたちがおとなしくなるわけではなかった。ただ、ぼくにとっては、下の名前やあだなをおぼえなくてすむのが、ありがたかった。

大熊さんの方が体が大きいので、小野さんはおし倒されて泣きだした。

それから、大熊さんが調子に乗るようになった。授業中に手を上げて発言する子にガリ勉とさけんでみたり、給食の食缶にそばにいた子の手をつっこんで不潔だと騒いで食べられないようにしたり、焼きあげた土鈴の作品を壊してまわったり。

大熊さんの仲間になって、一緒に忘れものをしたり、悪口をさけんだりするこどもたちも、徐々にふえていった。女子グループの星さんも大熊さんの味方をするようになって、ますます落ちつきがなくなってきた。仲間はずれにされていた清水さんは、学校を休みがちになった。

ぼくは学年会議で、現状を正直に打ちあけた。

すると、去年、大熊さんの担任だった、三組の先生が言った。

「たしかに、大熊さんはちょっとやんちゃだけどね。でもわるい子じゃないわよ。かわいくて、ほんとはいい子よ。」

三組の先生は縮れた髪をゆらして、ほほえんだ。その顔が、天井の穴の数を数えてなさいとどなった先生に重なる。現担任が手こずっている子をほめることで、自分の方が教師として上だとアピールしているとしか思えなかった。

ぼくはうつむいた。

彼女の発言で、ぼくの訴えは終わったことになり、学年に三人いる学習障害のある児童への対応について、議論がはじまった。

クラスにふたりの学習障害児をかかえる四組の先生は、彼らが字を読み書きはできても、文章を理解できない現実について話した。ひとりは数字の概念が理解できず、計算もできなかった。

「本当にたいへんですねえ。」

三組の先生が嘆息した。彼女のクラスには、多動で席にすわっていられない男の子がひとりいて、その子がしょっちゅう教室を出ていくので、追いかける彼女と、よく廊下ですれちがう。

「よくやってますよ。わたしならとても。」

学年主任の先生もうなずいた。彼の一組にも、多動の子と学習障害のある子がいる。

「でも、できなかったことができたとき、うれしいですよね。」

「そう、一時間すわっていてくれただけで、抱きしめたいくらいうれしくなりますよね。」

うんうんとうなずきながら、なぐさめあう三人の先生。ぼくはその中に入れない。ぼくのクラス、二組には、多動の子も学習障害のある子もいない。

四組の先生は学習障害児がふたりいるのに、しっかりやっている。

ぼくはなにも話せなくなった。

夏休みになるのを待ちかねた。

まるで、こどものように。


夏休みが明けても、かわらなかった。

むしろ、ひどくなっていった。

久しぶりにどなってみても、しばらくは静かになるが、二、三日すると、もとにもどってしまう。

男子の中心の大熊さんと、派手な女子のグループの星さんが結託して一大勢力となり、もうとめる子もいなくなっていた。ふたりの席を離せば、教室のはしとはしで、大声で話をする。紙飛行機が飛ぶこともあった。

発達障害のある子がいれば、補助の先生がつけてもらえるのに。

個別支援学級から、自閉症の男の子、櫻井さんがクラスに来たときだけは、個別級の先生がついてきてくれるが、もうおばあさんのような退職寸前の先生は、櫻井さんの面倒をみるのに精一杯で、助けてはもらえない。

櫻井さんはたしかに、漢字の読み書きやかけ算やわり算はできないし、上履きや靴下をぬいでしまうことはあるけれど、「こんにちは、さようなら」とあいさつはしてくれるし、話をすると、「はい」と返事をしてくれる。なにかにつけては騒ぐ大熊さんや、叱るとすねる星さんよりは、よほどに扱いやすい。

ある日、交流の授業が終わって、櫻井さんが個別級の先生と教室を出ていったあと、星さんが、いつも仲間はずれにしている清水さんにむかって、大声を出した。

「あれー、清水さーん、交流おわったよー、あんたも帰らないとー」

「なんてことを言うんだ」

ぼくはどなった。

星さんは、ぼくがどなっている間、ずっとうつむいていた。けばけばしいピンクのシャツにはドクロの模様。ひとつひとつのドクロがわらっている。この子も、どうせ、ぼくのことをばかにして、わらっているんだ。

それでも、ぼくにできるのは、どなることだけだった。

そうじのときに大熊さんがふりまわしたほうきが、別のこどもの目にあたり、その子の家に謝りにいったり、とうとう学校に来られなくなった清水さんの家に家庭訪問したり、学校が終わった後でしなくてはいけないことがふえていった。

ぼくが、持ちかえったテストの採点をしていると、十歳違いの姉が鶏のスープをかけたごはんを作ってくれた。旅行代理店に勤める姉の得意料理だ。彼女は旅先で食べたものを再現しては、食べさせてくれる。これもどこか南の島の料理だと言っていた。

姉はテーブルのむこうがわから、ぼくが匙《さじ》を口に運ぶのをみつめていた。

「あんたは苦労してないからね。」

姉は留学先で知りあったアメリカ人と結婚したが、暴力をふるわれてもどってきた。離婚調停がうまくいかず、五歳になる娘とは離ればなれだ。そんな姉の言葉は重い。

だから苦労しろと活を入れられたのか、だからたえられないだろうといたわられたのか、よくわからなかった。鶏のスープが体にしみた。

翌日の給食の時間のことだった。

献立は、みんなが楽しみにしているポークカレーだった。神田さんが一番におかわりをした。そのとき、大熊さんが大声を出した。

「カンダ、おまえ食べすぎだよ。給食費払ってないくせに。」

教室がしずまりかえった。

たしかに、昨日の放課後、ぼくは神田さんに、給食費の督促状を渡した。神田さんの親は、まだ一度も払いにきたことがなかった。それはつまり、四年になって一度も給食費を支払っていないということだった。

ぼくは気づいていた。でも、そんなことにまで手が回らなかった。教室の中のことだけで精一杯だった。

「カンダ、おまえ食べる資格ないんだからな、ちょっとは遠慮しろよ。」

大熊さんがくりかえした。

それとわからないよう、封筒に入れて、さりげなく渡したつもりだったが、見ていたらしい。そういうことにだけ、目端のきく子ではあった。

「神田さんて給食費払ってないの?」

星さんがまた、おおげさに驚いた声を上げて、騒ぎを大きくする。ミニスカートの足を、机の下で組みなおす。

「一回も払ってないんだぜ、こいつんち。」

大熊さんの大声に、神田さんはカレーをよそいかけたお玉を食缶にもどした。

「こら」

ぼくは立ちあがって、どなった。大熊さんが黙ってぼくを見上げた。その唇のはしにカレーがついている。

「いいかげんにしろ。言っていいこととわるいことがあるぞ。」

違う。こんな言葉じゃなくて、もっといい言葉があるはずなんだ。もっとこどもたちの心にひびく言葉。もっとこどもたちの心に残る言葉。もっと。

だめだ。ぼくには思いつかない。

それでも大熊さんはうつむいた。そして小さな声でつぶやいた。

「学級崩壊のくせに。」

ぼくはきかなかったことにした。

保護者の間でうわさになっていることは知っていた。

去年、一年生を学級崩壊させちゃった先生でしょ。

新学期早々、廊下で母親たちが話していた。個人情報を保護するためにクラス名簿のない学校でも、こんなことだけはすぐに伝わる。

そもそも、本当のことだから、とがめることもできない。こんな、唇のはしにカレーをつけているようなこどもに、ぼくは、なすすべもなかった。

「神田さん、先生がおかわりつぐから。」

ぼくはつかつかと歩いていって、お玉を取りあげ、神田さんの皿に、カレーをたっぷりかけた。神田さんはうつむいていた。耳が赤くなっていた。

ぼくの耳も、赤かったと思う。


それから、神田さんを気にかけるようになった。

うすっぺらい子だった。本当にやせていて、うすっぺらいというだけでなく、存在感のうすい子だった。授業中に手を上げることはほとんどなく、休み時間は、ふざける大熊さんたちの輪の外から、みんなを見ていた。いつも、自分がここにいるということを、なるだけひとに気づかせないようにふるまっていた。

季節に合わない服を着ていることに気づいたのは、朝晩冷えこむようになってからだった。ある日、彼だけ半袖半ズボンだったのだ。むきだしの細い手足には、白い粉がふいていた。上履きも黒ずんで、洗った形跡がない。

家が貧しいのかな。

ぼくは、彼の家の事情についてだれかにたずねたかったが、去年の神田さんの担任は、他校に転任していた。児童調査票ではそのへんのところがわからない。生活保護を受けていないこと、父親がいないこと、兄弟はいないこと、二年の後期の途中で東京から引越してきたことくらいしかわからなかった。

土曜日、学校は休みだったが、ぼくはいつものように出勤した。学校でしかできない仕事は山のようにあった。週休二日でうらやましいと友達には言われるし、世間でも教師はそんなものだと思われているようだが、実際には土日にも出勤している教師は多い。

人気のない校庭のはずれ、うさぎ小屋の前に、神田さんが立っていた。

そのときはなんとも思わなかった。友達と待ちあわせでもしているのかなと思ったのだ。ところが、昼近くなって、職員室の窓からふと見ると、まだ神田さんが校庭にいた。ひとりで、うさぎ小屋の前の砂場でしゃがんでいた。

ぼくは校庭に出ていった。近寄っていくと、神田さんはしゃがんだまま、ふりかえった。

今日は、長袖のトレーナーを着ていた。でも、なんだか袖丈が短い。裾も長さが足りず、背中がのぞいている。

「遊びにきたの？」

神田さんはしゃがんだまま、うなずいた。

「お昼ごはんは食べた？」

食べているわけがないとは思いつつ、きいた。神田さんは首をふった。

「もうお昼だから、一度うちに帰ったほうがいいよ。おかあさんも心配してるだろう。」

「心配してない。」

神田さんはささやくような小さい声で言った。

そのとき、ぼくはやっと気がついた。今さら気がついた。神田さんが、やせっぽっちなのに、いつも給食をおかわりして食べる理由に。

ぼくはめまいがした。

まさか、そんなはずない。そんなことをする親がいるはずがない。まさか。

ぼくはきいた。答えはわかっていたけど、たしかめずにはいられなかった。

「朝ごはんは食べた？」

神田さんはうつむいたまま、首をふった。小さくふった。気づかれないことをのぞむように、小さく。

神田さんははずかしがっていた。はずかしいのは神田さんじゃなくて、神田さんにごはんを食べさせていない親なのに。

ぼくの体は怒りで熱くなった。勢いこんで言った。

「先生、今からお昼ごはんを食べにいくんだ。一緒に行こうか。」

神田さんはしゃがんでうつむいたままだった。

ぼくの体から力が抜けた。

神田さんは怒ってない。本当に怒るべきなのは、ごはんを食べさせてもらってない神田さんなのに。

ぼくじゃないのに。

ぼくはとなりにしゃがんで、神田さんのみつめる砂の山を見た。小さな山だった。たいくつしのぎにつくっただけの、小さな砂の山。

だれの目も興味もひかない小さな山。踏めば一瞬でなくなってしまう山。だれにも気づかれずに。

これは、神田さんだ。

「おなか、すいただろ。」

神田さんは首をふった。また、小さく。

「先生、ひとりでお昼ごはん食べにいくのいやだったんだ。一緒に行ってくれないかな。」

ぼくも小さい声でささやいてみた。神田さんはやっと顔を上げた。

「いいよ。」

ぼくは神田さんを、学校の近くの中華料理店に連れていった。神田さんは、しょうゆラーメンを汁まで残さずにきれいに食べた。

「ラーメンすき？」

ぼくはきいた。神田さんはぼくを上目遣いに見て言った。

「わかんない。」

ぼくはまたしくじったことに気づいた。ぼくが今なにを食べさせたとしても、神田さんはきれいに食べるだろう。神田さんのおかれている状況に、すききらいをするような余地はない。

その後、神田さんは夕方まで校庭にいた。途中で、何人かのこどもたちがやってきて、一緒に遊んでいたが、その子たちが帰っても校庭のすみにいた。

ぼくは職員室から神田さんを見ていた。

学年便りを作りに午後からきた三組の先生に、神田さんについてきいてみた。

「そういえば、先生のクラスの子でしたね。あの子、いつも来てますよ。夏休みもずっと来てたんじゃないかしら。」

三組の先生はぼくのうしろの窓を見上げてそう言うと、すぐにパソコンの画面に目を下ろした。

夏休みはぼくも来ていた。ぼくは一体、なにを見ていたんだろう。三組の先生を薄情だと責めることはできなかった。

気がつくと、神田さんはいなくなっていた。

日が暮れていた。


翌日の日曜日、ぼくはまた出勤してみた。

神田さんはやっぱりうさぎ小屋の前にいた。お昼になって、野球をしていた子たちが帰ってしまっても、校庭にいた。

昼ごはんにまたラーメンをおごった。神田さんは汁一滴残さなかった。

「朝ごはんと、昼ごはんは、ないんだ。」

神田さんは言った。

「ばんごはんは作ってくれるよ。」

ぼくは怒りをおさえこんだ。怒りを見せたら、神田さんのうすっぺらい体がおびえてしまう。ほほえみをうかべるよう気をつけながらきいた。

「昨日の晩ごはんはなんだったの？」

「パン。」

神田さんは言った。ぼくはその続きを待った。神田さんはもうしゃべらなかった。どうやらパンだけらしい。

「おかあさん、忙しいのかな。」

「ママは忙しいよ。でも、おとうさんは忙しくない。」

あれ？　父親はいないはずだが。

「おとうさん？」

「おとうさんはいつも寝てる。あと、パチンコに行ってる。」

「そうか。」

だいたいわかってきた。わかりたくなんかないことが。ぼくと神田さんは店を出た。

「明日はツナそぼろだ。」

校門に近づいたとき、神田さんが言った。

「え？」

「月曜日はツナそぼろとはいがごはん、火曜日はミートソーススパゲッティーとロールパン、水曜日はひじきごはんと五目豆。」

神田さんは小さい声で、よどみなく続けた。

「すごいな。給食、全部おぼえてるの？」

神田さんは顔を上げて、うなずいた。

「木曜日は揚げパンでしょ、金曜日はやきそばでしょ。」

「先生は揚げパンがすきだな。」

「ぼくもすき。」

「先生、先生になってよかったなと思うのは、大人になっても給食の揚げパンが食べられることなんだ。」

神田さんがわらった。うすい頬に、えくぼができた。ぼくは、神田さんにえくぼがあることをはじめて知った。

その瞬間、ぼくの中で怒りがわきあがった。

神田さんが給食の献立をおぼえているわけ。

神田さんがなによりも給食を楽しみにしているわけ。

そこまで神田さんを追いこんでいる親が憎かった。

滞納している給食費の支払いにこないのはもちろん、参観日にも個人面談にも懇談会にも、一度も来たことのない親。

学区の広いマンモス校だからと家庭訪問がなく、個人情報だからとクラス名簿もない学校。

両方がお互いの都合よく重なって、ぼくは、神田さんの親の顔も知らない。

ぼくだけじゃない。だれも、神田さんの親を知らない。

神田さんのことを知らない。


しばらくして、雨が降ってきた。

神田さんは、うさぎ小屋のひさしの下にいた。うさぎを見ていた。

ぼくは傘をさして校庭に出た。

神田さんのトレーナーの背中が雨にぬれていた。昨日と同じトレーナー。

「雨降ってきたから、家に帰ろうか。」

ぼくは、学校の黄色い傘を神田さんにさしだした。

神田さんはうさぎをみつめながら、小さく首をふった。

「寒いだろ。」

神田さんはまた小さく首をふって、言った。

「五時までは、外にいなくちゃいけないんだ。」

「五時までって」

「おとうさんが言うんだ。五時までは家に帰ってくるなって。」

「だって」

雨が降ってるよ。

言いかけてやめた。

そんなこと、神田さんはわかっていた。だって、雨にぬれているのは他のだれでもない、神田さんだ。

「先生が送るよ。」

ぼくは神田さんの手に傘をおしつけた。

「こんなところにいたらかぜひくよ。先生が送っていくから。」

「だめだよ。」

神田さんはおびえた。

「だめだよ。おとうさん、すごく怒るから。」

「そんなの、怒るほうがおかしいんだ。」

ぼくは思わず声をあらげた。

「違うよ。」

神田さんは言った。

「ぼくがわるいんだよ。ぼくがわるい子だから、おとうさんが怒るんだ。」

神田さんは傘を持ったまま、ひといきに言った。

ぼくと神田さんは、うさぎ小屋のひさしの下で、むかいあった。

「神田さんはわるい子じゃないよ。」

ぼくはやっと言った。

「わるい子だよ。」

神田さんはすぐに返した。

「じゃあ」

ぼくは言葉を探した。

「なんでわるい子だと思うの。」

「だって、おとうさんが怒るから。」

「それは、おとうさんのほうがおかしいんじゃないかな。」

「ママだって怒る。」

「ママもおかしいんだよ。」

神田さんはトレーナーの袖で鼻水をぬぐった。こんなに冷えてきたら無理もない。透明な鼻水が、鼻の下をななめに線を引いた。

「うちにはサンタさんが来ない。」

神田さんは言った。ぼくは思わずききかえした。

「え?」

ききまちがいかと思ったのだ。

「みんなの家にはサンタさんが来て、プレゼントをくれる。でも、ぼくがわるい子だから、うちにはサンタさんが来ないんだ。」

それは違う。

言いかけて、やめた。小学四年生。九歳か十歳。まだサンタさんを信じている年頃だ。夢を壊すわけにはいかない。

でも。

だからって。

「ぼくがわるい子だから、うちにはサンタさん来ないんだ。」

神田さんはくりかえした。

「違うよ。」

ぼくは言わずにはいられなかった。

「それは違う。」

でも、それ以上はなにも言えなかった。

「違うよ。」

ぼくはただ、くりかえした。

ぼくは、言葉を持っていない。神田さんの心にとどく言葉。ぼくはいつも持っていない。

「神田さんは、わるい子じゃない。」

昨日まで、知らなかった。

神田さんのことを、なにも知らなかった。

そんなぼくの言葉が、神田さんに届くはずもなかった。

「どうしたら、いい子になれるのかなあ。」

神田さんはうつむいてつぶやいた。

「ぼく、わからないんだ。」

うさぎ小屋のひさしからたれた雨が、神田さんの背中をぬらしつづける。


その後、神田さんを保健室で過ごさせた。五時になってから、ふたりで傘をさし、神田さんの家にむかった。

「ほんとのおとうさんじゃないんだ。」

神田さんは言った。

「だから、おとうさんって呼ぶんだ。だって、ぼくのパパはパパだけだから。」

「パパは、今、どこにいるの？」

「東京。ぼく、前は東京にいたんだ。」

「そうだったね。」

ぼくは、児童調査票の記載を思いだした。ぼくが、神田さんについて知っている、ほんの少しだけのこと。

「ママはパパのこと、わるく言うけど、ぼくはパパのほうがいいんだ。」

神田さんはうつむいて話した。

油性ペンで大きく桜が丘小と書かれた、黄色い傘の下で、神田さんの長いまつげがゆれる。長くて、濃いまつげ。六月の遠足で行った動物園の、きりんのようだ。

あの日、くじゃくの檻のそばの広場にシートを敷いて、みんなで弁当を食べた。手作りの弁当を自慢するこどもたちの中に、ひとりだけ、コンビニのおにぎりとペットボトルのジュースを持ってきていた子がいた。

ぼくは今さら思いだした。あれは、神田さんだった。

あのとき、ぼくは神田さんのことをなにも知らなかった。

今は、少しだけ知ってる。もっと知ろうとしている。

たとえば、長くて、濃いまつげ。細いけどまっすぐにのびた手足。白く粉をふくほどに乾いた肌。給食の献立をおぼえていること。わらうとぽつんとうかぶ、えくぼ。

学校から駅にむかう道の途中に、古いアパートがあった。ごみが積み重なって、壊れたバイクまで放置されている。

そのアパートの一階が、神田さんの家だった。

表札もなにもない、入り口の扉の脇には、自動車のタイヤが積んであった。

ぼくが玄関ブザーを押そうとしたとき、うしろに高い自動車のエンジン音がひびいた。ふりかえると、アパートの駐車場に、車体のやたらに低い、白い改造車が入ってきて、停まった。

「おとうさんだ。」

神田さんが言った。その語尾がかすれた。

車から降りてきたのは、いかにも柄のわるそうな男だった。いかつい体に黒いジャージをまとい、むっつりした顔に細いたばこをくわえている。一歩ごとにおおげさに体をゆらして近づいてくる。雨粒もはじきとばす勢いだ。

「おう、なんか用か。」

男はぼくにすごんだ。眉間と唇の上下とあごに銀色のピアス。まるで、顔につぎをあてているようだ。

ひとからすごまれたことなど、これまで一度もなかったことに、ぼくは突然気づいた。

「ぼくは桜が丘小学校の岡野といいます。雨が降ってきたので、雄太くんを送ってきました。」

声が震えないようにするのがやっとの自分がなさけなかった。

「先生か。そりゃどうも。」

男はぼくを見たまま、腰だけ曲げた。頭を下げたつもりらしい。

「それで、あの、休みの日に、朝からずっと、お子さんだけ外にいさせるというのは」

言いかけると、男が一歩前に出てきた。

「こどもは外で遊ぶもんでしょう、先生。それにこいつは友達が少ないんでね、友達ができるように外にいさせるんですよ。」

「でも、雨も降ってきましたし、これから寒くなる時期ですし、お昼ごはんだって」

「先生、それはよけいなお世話いうもんでしょう。」

男は太い声でさえぎると、神田さんの腕をつかんで、ぼくの横を通りぬけた。

「先生、送ってくるのも、よけいなお世話いうもんです。こいつはひとりで帰れます。」

男は扉の鍵を開け、神田さんをおしこむように玄関に入れると、自分も後から入り、ぼくの目の前で、扉を荒々しく閉めた。

ぼくは扉の前で立ちすくんだ。

「おまえ、あいつになんか言ってないだろうな。」

低い声だったが、男の声が、うすっぺらい扉越しにきこえた。神田さんの返事はきこえない。

どすん。低い音がした。

どすんどすん。また低い音が、続けて二回。

なぐられた、と思った。でも。

いくら耳をすませても、神田さんの泣き声はきこえない。うめき声もしない。男もなにもしゃべらない。

扉を開けようかと思った。どうせ、鍵はかかっていない。

でも。

もし、なぐった音ではなかったら？

あの男のことだから、なんと言われるかわからない。あのつぎのあたった顔で、またすごまれるに違いない。

ぼくは扉の把手《とって》を握りかけていた手を下ろした。

傘をさす。

せめて、学校の傘は置いていこう。

ぼくは、神田さんのさしていた黄色い傘を、扉の横の壁にたてかけた。

今度の雨の日に、神田さんがぬれないように。

そう言い訳しなくては、立ち去れなかった。自分のなさけなさに、せめてもの言い訳。

神田さんのために、なにもできなかったわけではないと、自分に言いきかせながら。


月曜日の朝、ぼくはいつもより早く出勤し、校長や学年主任が来るたびに、昨日のことを伝えた。すぐに身体検査をしたほうがいいだろうということになった。

その日、久しぶりに清水さんが登校してきていた。

ぼくは朝の会を早めに切りあげ、一時間目の前の読書の時間に、神田さんを保健室に連れだした。ほかのこどもたちが騒ぐといけないので、ごくさりげなく、神田さんに声をかけた。

「神田さんの本、図書の先生から預かってるから、一緒に来てくれるかな。あとのみんなは静かに読んでいてください。先生はすぐもどるから。」

保健室で、副校長と保健の先生の立ち会いのもと、長袖をめくって、神田さんの腕を見せてもらった。膝丈の半ズボンもめくって、ふとももも見せてもらった。特にあざややけどの跡はない。

「神田さん、おとうさんにたたかれたりしたことはない？」

新任の保健の先生がほほえみながらたずねた。こどもを緊張させないためとはいえ、わらいながら言うことじゃないだろうと、ぼくは心の中でつぶやいた。

神田さんはうつむいたまま、首を小さくふった。

「先生たちね、だれにも言わないから、大丈夫よ。おとうさんにも、おかあさんにも、だれにも言わないから。たたかれたりしたことはない？　痛いことをされたことはない？」

保健の先生はほほえみを絶やさない。学校にはめずらしく、きれいな先生だ。自分で自分がきれいだということを知っているほほえみだった。神田さんは、そのとっておきの笑顔に目もくれず、自分の上履きの先っぽをみつめたまま、もう一度、首をふった。

「おなかとか、背中とかも見ないとわからないでしょう。」

ぼくは早口で言った。時間がない。清水さんが久しぶりに来てくれた。早く教室にもどらなくてはいけない。

「神田さん、ちょっと見せてね。」

ぼくが言って、トレーナーの裾に手をかけようとしたとき、校長が保健室に入ってきた。

「ああ、だめですよ、岡野先生」

校長がかけよってきた。

「服はぬがしちゃだめです。」

「どうしてですか。」

「服までぬがしたことがわかると、親がどなりこんでくるかもしれないのよ。あくまで、服は着たままでね。」

「でも、それじゃあ、おなかとか背中とかがわからないじゃないですか。」

ぼくは言った。

「まあ、でも、本人がたたかれてないと言ってるんだから。」

副校長が、神田さんから一歩離れて腕を組んだ。たったの一歩、神田さんから離れた。それだけで決まった。

「あら、そうなの。じゃあ問題ないじゃない。」

校長はほっとしたように言った。

「ごめんね、神田さん。ちょっと先生たち、神田さんが心配になっちゃったものだから。」

校長が腰をかがめて神田さんの顔をのぞきこんだ。

神田さんはまた小さく首をふった。

身体検査は終わってしまった。

ぼくは神田さんと保健室を出た。

ならんで教室に上がる階段を、上からかけおりてきたこどもがいた。

清水さんだった。ランドセルをしょっていた。

「清水さん?」

清水さんは泣いていた。

「あたし、帰ります。」

「ちょっと、待って」

「もう学校なんて来ない。」

清水さんは、ぼくのひきとめようとした腕をふりはらって、階段をかけおりていった。清水さんの長いおさげが階段の下へ消えていった。

ぼくの教室からは、わあっという歓声がひびいた。

やっと来てくれたのに。清水さんは、やっとの思いで来てくれたのに。

ぼくのせいだった。なにもかも。

ぼくは、一時間目をつぶしてどなりまくり、反省しない大熊さんを教室のうしろに立たせた。

大熊さんはちっともこりず、ふりかえるこどもに目配せしたり、舌を出したり、へんな顔をしたりしてみせては、わらいを誘っていた。おかげで二時間目も授業にならなかった。

様子を見にきた学年主任には、すぐに生徒を立たせるのをやめるよう注意された。

「岡野先生。体罰と、立たせるのは、今の時代、御法度ですよ。」

学年主任は、教室を出ていく前に、ぼくの耳もとでささやいた。

それで無罪放免になったと思いこんだ大熊さんは、また授業に茶々を入れはじめた。

ぼくは五時間目もつぶしてどなるはめになった。

本当はもっといい言葉があるはず。こんなにくどくどと言いつのらなくてもいい言葉。

こどもたちはうつむいて、ぼくが叱りおわるのを、ただ、待っている。頭を下げて、やりすごしている。それぞれが、別々なことを考えている。

ぼくひとりが、しゃべっている。

とうとう、声がかれた。

こどもたちが帰ると、すぐに清水さんの家にむかった。

すっかり沈みこんだ清水さんの母親に、ひたすら謝る。清水さんは部屋から出てきてもくれなかった。これでまた当分、清水さんは学校へ来ないだろう。

すっかり遅くなって家に帰ると、ぼくの声がかれていることに気づいた母が、あたたかいレモネードを作ってくれた。

「なあに、どなったの？」

韓流ドラマを見ていた姉と父がふりかえる。

「まあね。」

「クラス、たいへんなのか。」

去年、定年退職した父は、ぼくがこどものころ、出張や海外赴任で留守がちだった。父がいない夜、ぼくが風邪をひくと、母はこのレモネードを作ってくれた。

ぼくは、姉と父のむかいのソファにすわった。ふたりは、主人公ふたりがみつめあうテレビ画面から、ぼくに目をうつす。

ぼくは、こんなに、めぐまれているのに。

「かあさんはさ、教え子に困らされたことない？」

「そうね、ピアノ習うくらいの子は、だいたい、余裕のある家の子だからね、お金だけじゃなくて、親の気持もね。いい子が多かったわね。」

「そうか。」

「でも、親に無理矢理通わされて、いやいや来ている子には、いたわね。わざとわるいことばかりする子が。」

「そういう子、どうした?」

「どうしようもないね。みんな、じきにやめていったね。」

「小学校はやめられないからなあ。やめさせられないし。」

ぼくはため息をついた。自分の体から出たものなのに、おどろくほどに、あたたかいため息。

「ハグが足りないんだな。」

父が新聞をひろげながら言った。

「ハグ?」

「日本人にはハグが足りないんだよ。アメリカ行ってみな。親も子も、いくつになってもハグしまくってるから。あそこまでしなくてもいいと思ってたけど、やっぱり、今の時代、あらためてハグするくらいじゃなきゃだめなんだな。」

「ハグしてても暴力ふるうやつもいるけどね。」

姉が自嘲気味に言った。父と母の表情が固まる。テレビの音が大きくひびく。

「なあんてね。じゃあとうさん、さっそく匡をハグしてあげなさいよ。」

姉はわらいだした。

「冗談じゃないよ。かあさんがやりなさい。」

「そうねえ。じゃあさっそく」

母が台所から出てこようとする。

「ぼくは足りてるから。もう十分だから。」

ぼくは湯呑みを持ったまま、あわててソファから立ちあがった。

レモン色の湯気のむこうに、母と父と姉がわらっている。

ぼくは、こんなに、めぐまれているのに。


火曜日、清水さんはやっぱり来なかった。

大熊さんはあいかわらず、ぼくの授業に茶々を入れた。

女子グループはおしゃべりをやめなかった。

神田さんはミートソーススパゲッティーをおかわりした。

ぼくは、帰りの会のときに、宿題を出すことにした。

「このごろ、みんなはとても落ちつきがありません。先生はもう、怒るのにつかれました。」

ぼくが、まだいくらかかすれた声で話しはじめると、こどもたちはみんなぼくを見た。おどろいた。

できるじゃないか。みんなをふりむかせる言葉。みんなの気持をひとつにする言葉。ぼくにだって。

「そこで、みんなに、むずかしい宿題を出すことにしました。」

えーっという声。でも、こんなにみんなの声がそろったのは久しぶりだ。神田さんさえ、口を大きく開けている。

「その宿題は、家族に抱きしめられてくること、です。」

もっと大きな、えーっという声。でも、顔はわらっている。顔を見合わせて、わらいだしたこどもたちもいる。

「なにそれー」

「先生エッチー」

「変態じゃん」

「絶対無理」

口々に文句を言うが、顔はわらっている。なかでも大熊さんは立ちあがって不平を述べている。でもその顔はわらっている。ぼくはかまわずにもう一度言った。

「はい、今日の宿題は、家族に抱きしめられてくること。だれでもいいです。おとうさんでもおかあさんでもおばあちゃんでもおにいちゃんでも。妹にでもいいです。」

「猫にでもいい?」

大熊さんがまぜかえす。

「猫とか犬はだめです。人間の家族だけです。家族のだれかに、ぎゅっと抱きしめてもらってきてください。明日、宿題ができたかどうか、ききますから、忘れないようにしてください。」

まだおさまらないざわめきの中、日直があいさつをした。

ぼくは神田さんを見た。神田さんだけは、わらっていなかった。


あくる朝、朝の会でぼくは右手を上げながら、きいた。

「はい、宿題をやってきたひとー」

こどもたちは顔を見合わせあい、照れくさそうにわらいながら、ぱらぱらと手を上げた。

でも全員じゃない。

「あれ？　大熊さんは宿題、しなかったの？」

「しないよ。そんな宿題。」

大熊さんは机に肱《ひじ》をついて言った。その顔が赤い。

「そうか、残念だなあ。大熊さんのおかあさんに後で電話しておくよ。宿題を手伝うように。」

大熊さんはぱっと起きあがった。

「したよ！　宿題しました。」

「ほんとに？」

大熊さんの顔は真っ赤になった。

「大熊さん、顔赤ーい。」

「ママにだっこしてもらったのー？」

まわりの男子が口々に言う。

「おまえらだってしてもらったんだろっ」

大熊さんににらまれて、こどもたちはそっぽをむいた。その顔も赤い。

ぼくは大熊さんの母親の顔を思い出した。長い金髪をひっつめて、いつもせかせかと急いでいる。余分な肉の全くない、とがった横顔。大熊さんの他にこどもが三人いて、父親はいない。宿題だからしかたなく、抱きしめてくれたんだろうけど、抱きしめ、抱きしめられたとたんに、なにかがかわったはず。しかたなく抱きしめているわけじゃないことに、気づいたはず。大熊さんも、あらためて抱きしめられたことはなくても、母親に見守られながら育ってきたことを、思い出したはず。

はずかしがって手を上げなかったほかの男の子も、その頬の色を見れば、にやにやわらいを見れば、一目瞭然だった。二組のこどもたちはみんな、宿題をやってきていた。

授業がはじまっても、女子グループはおしゃべりをはじめなかった。友達の悪口を言う気になれなくなったのだろう。自分が親から愛されているように、悪口を言われる子だって、親から愛されている。

大熊さんも、すっかりおとなしくなってしまった。手のかかる弟三人の面倒を見させられるだけの自分ではないことに気づいたのかもしれない。自分ばかり我慢しているわけじゃない。いろんな我慢は、母親のためにしていると誇りを持ってほしい。

そんなハグの効力も四時間目になるころには薄れてきて、大熊さんが授業に茶々を入れてきた。でも、ぼくはかまわなかった。にくたらしい大熊さんにも、抱きしめてくれる家族がいる。ひそひそ話をはじめた女の子たちにも、ひとりひとりに、かけがえのない娘と思って抱きしめてくれる家族がいる。そう思えば、こどもたちがかわいく思えた。

こんな気持でこどもたちにむかいあったのは、はじめてだった。今までぼくに足りなかったところに、やっとぼくは気づいた。

もちろん、大熊さんのいたずらや女子のおしゃべりがなくなったわけじゃない。ぼくの力不足はかわらない。

ただ、ぼくははじめて気づいた。

こどもは、ひとりひとり違う。ひとりひとりが違う家に育ち、違う家族に見守られている。そして、学校にやってきて、同じ教室で一緒に学ぶ。

一枚のTシャツだって、一本の鉛筆だって、この子のためにだれかが用意してくれた。そのひとたちの思いが、この子たちひとりひとりにつまっている。

そのだれかは、昨日はこの子たちにごはんを食べさせ、風呂に入れ、ふとんで寝かせ、今朝は朝ごはんを食べさせ、髪をくったりなでつけたりして、ランドセルをしょわせ、学校に送りだしてくれたのだ。

そんなあたりまえのことに、ぼくはやっと気づいた。

ぼくは、この思いにこたえられるんだろうか。

目の前の三十八人のこどもたちが、輝いて見えた。だれかの愛情につつまれた、かけがえのないこどもたち。

でも、ひとりだけ、ずっとうつむいたままで、なにもかわらなかったこどもがいた。神田さんだった。

神田さんは、給食のひじきごはんをおかわりして食べた。みんながあまりすきではない献立なので、気兼ねなくおかわりできる。

神田さんだけ、宿題ができていなかった。


放課後、神田さんは、いつものように校庭にやってきて、三組のこどもたちと一緒に野球をしていた。

秋の日暮れは早い。一日一日早くなっていく。四時半にもなると、こどもたちはみんな帰ってしまった。もうボールが見えなかった。

ぼくは職員室から目を凝らした。

うさぎ小屋の前の砂場に、神田さんがいた。白っぽいトレーナーが、校庭のすみにうかびあがっている。土曜日からずっと着ているトレーナー。

ぼくは神田さんのところに歩いていった。おどかさないように、ゆっくりと。

神田さんはうさぎ小屋の前に立って、うさぎをみつめていた。

「うさぎ、元気？」

ぼくが声をかけると、神田さんはびくっとした。

「なんだ。」

「なんだと思った？　おばけ？　もう暗いもんな。」

かろうじて、神田さんの表情がうかがえる。

「宿題、むずかしかった？」

ぼくはきいてみた。神田さんはうなずいた。

「ママ、昨日帰ってこなかったし、朝は寝てたし。」

おとうさんは？　出そうになった言葉をのみくだした。神田さんがその名を出さないことが答えだ。

「そうか。それじゃあできないよな。」

ぼくは大きくうなずいた。

大丈夫。神田さんのせいじゃないよ。

それをわかってほしかった。

神田さんは、わるい子じゃないよ。

クラスの中でも小さいほうの神田さん。いつから切ってもらってないのか、髪の毛がおかっぱに近くなっている。まつげも長いし、目はくりくりしているから、はじめて見たときは女の子かと思った。

神田さんは、わるい子じゃないんだよ。

ぼくは神田さんの薄い肩に手をのばした。

そのとたん、神田さんがぱっと腕をふりあげて、大きくとびすさった。ぼくは驚いて、のばしかけていた手をひっこめた。

「ごめん。びっくりさせた?」

ぼくは言いながら、神田さんが反射的に大人の腕をこわがったことに気づいた。とっさに自分の体をかばおうとしていた。

やっぱり、神田さんはたたかれている。家で、あの男か、ぼくがまだ見たこともない母親に。

神田さんはぼくから一歩離れた場所で、うさぎを見下ろした。

「神田さん。」

ぼくは言った。これだけは、伝えなくてはいけない。

「神田さんは、わるい子じゃないよ。」

神田さんは小さく首をふった。

「先生は知ってる。」

ぼくは一歩だけ近づいて、くりかえした。

「神田さんは、わるい子じゃないよ。」

神田さんが信じてくれるなら、ぼくは百回でも言ってあげるのに。

「神田さんは、なんにもわるいことしてないよ。」

でも、ぼくが言ったんじゃだめだということを、ぼくは知っている。ぼくじゃなくて。

「神田さんは、いい子だよ。」

いつもみんなのしていることを見ている神田さん。校庭のすみで、友達が来るのを待っている神田さん。みんなの言うことをよくきいて、みんなのやりたいことをやって、みんなが楽しそうにしているのがすきな神田さん。大熊さんたちがけんかをしたとき、一緒に痛そうな顔をしていた神田さん。

「神田さんは、いい子だよ。」

ぼくはもう一度言った。

「先生は、知ってるよ。」

神田さんの長いまつげから、大きな涙がぽたりと落ちた。糸を引くように、ゆっくりと、地面に落ちた。

黄色く色づいた葉が散っている。桜の木の葉だ。木が貧弱だからか、葉っぱも小さい。

神田さんの肩が震えていた。

ぼくが、抱きしめていいんだろうか。

本当は、ぼくではないだれかがすべきこと。神田さんが本当に望んでいるのは、ぼくではない、だれか。

でも。

そのだれかから、どんなに望んでも、与えられないとしたら。

ぼくはそうっと手をのばした。

神田さんがおびえないように。

ぼくは神田さんを抱きしめた。

見た目よりも、もっとひらべったくて、うすい体。こんな体で、あんな大きな男とむかいあわなくてはいけないなんて。

神田さんは震えていた。

あまったるい、汗のにおいがした。ずっと同じ服を着ている神田さん。

ぼくはそのにおいと一緒に、神田さんをぎゅうっと抱きしめた。

全然だめな教師のぼく。けんかもいじめもとめられない、なさけないぼく。

でも、この子のためだけにでも、がんばりたい。

明日も、学校に来よう。この子のために、来よう。

暮れた空には月さえうかんでいなかった。


木曜日は、夜明け前から雨が降っていた。

朝の会議で、今年度はじめて、ストーブに火を入れることになった。

清水さんは来なかった。そして、神田さんも来なかった。

給食は献立表通り揚げパンだった。

木曜日は揚げパンでしょ、金曜日はやきそばでしょ。

耳に残る神田さんの声。神田さんが来ないわけがないのに。

ぼくはあらかじめ、神田さんと清水さんの揚げパンを、ラップに包んで、取りわけておいた。

「先生、清水の揚げパンは?」

大熊さんがめざとくきいてきた。

「休むって連絡あったから、減らしておいてもらったんだ。」

「なーんだ。カンダのも？」

ぼくはうなずいた。

揚げパンの砂糖が唇のはしについたままの大熊さん。この子はいつも唇の右はしにソースやらカレーやらをつけている。

まだまだこどもなんだ。

ぼくはティッシュで大熊さんの口を拭いてやった。

「わあ、赤ちゃんだー」

同じ班の星さんが騒いだ。

大熊さんは照れくさそうだったけど、文句は言わなかった。

この子は、理由はわからないけど、父親がいない。三人の弟たちとは父親が違うという。

清水さんを仲間はずれにしている星さんは、母親がいなくて、参観日にはいつも、おばあちゃんが来る。

よせあつめ。

校長は、最初にぼくに言った。

貧弱な桜の木の落ち葉が、風に吹きよせられるように。

よせあつめのこども。

たしかに、こどもは親をえらべない。住むところも、通う学校もえらべない。偶然によせあつめられて、ここにいる。ここで、揚げパンを食べている。

だからこそ。

みんな、こどもなりに、ここで、ふんばっているんだ。

ぼくは揚げパンをかじりながら、泣きそうになるのを、必死でこらえていた。

こどもたちを帰したあと、ぼくは職員室から校庭をながめた。

うさぎ小屋の前には、だれもいない。

ぼくは、神田さんの家に行こうと、取っておいた揚げパンの包みを出した。紙袋から漢字テストの束を出し、揚げパンを入れて立ちあがる。

「あ、岡野先生、帰ります?」

三組の先生が声をかけてきた。

「いえ、まだですけど、ちょっと、家庭訪問に行ってこようかと」

「よかった。うさぎ小屋の鍵がもどってきてないんです。たぶん係の子が忘れたんだと思うんですけど、見てきてくれません?　ついでに。」

この先生にはいつもついでにいろいろ頼まれる。

「わかりました。」

ぼくは傘をさして玄関を出、校庭のはしを通り、だれもいないうさぎ小屋にむかった。うさぎ小屋の扉の錠前に、鍵がささっていた。係の子が忘れて帰ってしまったようだ。ぼくは傘をさしたまま、鍵を抜いた。

ひさしから落ちる雨だれがひときわ大きな音をたてる。

ふりかえって、校庭を見た。

こどもたちはもう帰った。校庭には大きな水たまりができているだけで、だれもいない。

この景色を、神田さんはみつめていた。毎日、毎日。

なぜ神田さんはここにいたんだろう。

雨をさけるなら、南校舎の外階段の下とか、北校舎の非常口のところとか、焼き物庫のひさしの下とか、ほかにもいろいろある。

ぼくは神田さんの見ていた景色をみつめた。ぼくの目の前に、雨のしずくのカーテンがかかる。ぼくはカーテン越しにみつめつづけた。

南校舎の壁に、時計がかかっている。登校してきたときや、校庭で遊ぶとき、こどもたちに時間がわかるよう。その時計が、ここからなら、ふりかえると正面に見える。時計の下には五分前に行動しようの文字。

ぼくは、やっと気がついた。

この時計を、神田さんは見ていたのだ。五時になれば、家に帰れると思いながら。

神田さんは、ここで、五時になるのを待っていた。

五分前に行動したら怒られる神田さん。きっかり五時になるのを待ってから、帰っていた神田さん。

足もとの砂場には、吹きよせられた桜の葉がたまっている。その葉っぱの海の中に、小さな砂の島がうかんでいる。

日が暮れても、時計は五時にならない。

昨日、神田さんがつくった砂の山だった。時計の針が五時をさすのを待ちながら。

ぼくは走りだした。

神田さんは、きっと、待っている。

ぼくが来るのを待っている。


アパートの駐車場には、見おぼえのある改造車が停まっていた。あの男は家にいる。

ぼくは神田さんの家の扉の前まで来て、やっと足をとめた。上がった息を整える。学校からずっと、走ってきたのだ。

扉の横の壁に、学校の黄色い傘が立てかけてあった。今度の雨に神田さんがぬれないようにと願った、ぼくの思いがそのままあった。

ぼくは玄関ブザーを押した。

なにも音がしない。

もう一度押した。

うんともすんともいわない。

このブザーは壊れていた。この家は、外の世界とつながりを持つことを拒んでいた。

ぼくはだめ教師だから、クラスのこどもたちさえ救えない。世界を救うことはもちろんできない。

だけど、この子を救うことはできるかもしれない。

今、ぼくにできる、たったひとつのこと。

ぼくはこぶしをにぎりしめ、思いきり、扉をたたいた。

べっぴんさん

ほんとはなんていう公園か知らない。パンダなんていないのに、ママたちからはパンダ公園と呼ばれている。

むかし、パンダがいたらしいよ、と教えてくれたのは、はなちゃんのママだった。ありえないよね、とわらいながら。

入り口の、背の低い石の門には烏ヶ谷公園と書いてあるけど、なんと読むのか、いまだにわからない。からすがたに？　からすがや？　だから、あたしも、しかたなく、パンダ公園と呼ぶ。

今日もいい天気。このごろひんやりしてきた風もほとんどなく、お日さまの光がまっすぐにおりてくる。

公園をぐるりとかこむ道では、忙しそうなひとたちが、駅にむかって足早に歩いていったり、車を走らせたりしているけど、公園はまるで温室の中のように、時間がゆっくりと流れていく。

だって、公園には、まだ幼稚園に入ることもできないこどもたちと、そのママしかいないんだから。ママは、こどもの時間に自分の時間を重ねて過ごすしかないんだから。

砂のプリンが作れるようになったこうやくんは、えんえんとプリンを作りつづける。砂場のコンクリートの枠にずらりと、砂のプリンをならべる。枠に腰かけて、まだ生まれて半年のゆいちゃんをあやしていたママは

「あら、ごめんね。」

と立ちあがって、プリンカップをにぎりしめて無言でにらむこうやくんに場所をゆずる。

お兄ちゃんのひかるくんのお供で連れてこられ、ベビーカーに乗せられたままのはなちゃんは、ママに手渡された、いつもなら一番のお気に入りのラッパ形のガラガラを、ベビーカーから落とす。かしゃんと、小さいけれど、耳障りな音をたてて、さらさらに乾いた砂の地面に落とす。

「あらあら。」

ママがガラガラを拾って、はなちゃんに渡すと、はなちゃんはしっかりと受けとってから、また落とした。かしゃん。

「はなちゃん、だめでしょ。」

ママが渡すたびに、はなちゃんはしっかりと受けとっては地面に落とす。かしゃん。

はなちゃんは昨日からずっとこの遊びをくりかえしている。ママはあたしと卵アレルギーの話をしながら、それに延々とつきあう。かしゃん。

あたしは、眉をひそめないように細心の注意を払いながら、ママに相槌をうつ。かしゃん。かしゃん。かしゃん。かしゃん。かしゃん。かしゃん。かしゃん。かしゃん。かしゃん。かしゃん。

公園の中では、こどもたちがルール。膝ほどしか背丈のないこどもたちに、ママたちはかしずく。

ママたちはいつもわらっている。わらいは温室いっぱいに満ちる。

だからあたしもわらう。あたしがずっとわらっているから、あやねは公園がだいすきになった。

そして、家に帰ることをきらうようになった。

だから、わかってる。

うわべはにこにこしてるゆいちゃんのママだって、こうやくんのママだって、りえちゃんのママだって、家ではきっと、こどもが気に入らなければ、ひっぱたいてる。

なかでも、ひかるくんとはなちゃんのママ。このひとの笑顔はわざとらしすぎる。

「ほんとにはなちゃんにはこまる。」

百回目に落とされたガラガラを拾いながら、はなちゃんママはわらう。百回目なのに。

「あかちゃんってすきだよね、落とすの。」

あたしもわらう。笑顔を顔に貼りつけて。

かしゃん。はなちゃんは百一回目にガラガラを落とす。はなちゃんママはまた拾う。かしゃん。百二回目にガラガラを落とす。

「あやねもよくやってた。」

あたしはママになって、嘘がとても上手になった。本当はほんの二回だって、あやねには許さなかった。一回と二回がどれほど違うものか、あたしはママになって知った。

家に帰れば、あんただって、はなちゃんをひっぱたくんでしょ。公園を出て、駅前のスーパーマーケットで買い物をして、オートロックマンションの、四階の部屋の扉を開けて、玄関に入って、そうして扉を閉めれば。

もうすぐお昼。

温室の扉が開く時間。

温室の扉が開いて、わらっていた花たちが帰っていく。温室のあたたかさを失って、花たちは急速に冷えていく。

あたしだって、ずっとわらっていたいのに。

はなちゃんママは、温室の花の中で一番やぼったい。

全身に数年前のユニクロをまとう。毛玉でけばけばになっているところを見ると、五年は前のフリース。今どきブーツを履かずに、色あせたスニーカーを履いているのは、温室では彼女だけ。ベビーカーも、ひかるくんのときに使っていた、さめかけた紺色のコンビ。ひざかけは、食パンを買ってシールを集めて手にいれた、ぺらぺらのフリースケット。お砂場道具を入れているストライプ柄のかばんも、ずいぶん前のミスタードーナツの景品。

「買い物していく?」

あたしがお砂場道具を片付けていると、一緒に帰るのが当然のように、なれなれしく声をかけてくる。

「どうしようかな。」

言葉を濁してプラスチックのコーヒーカップを拾いあげるあたしの気持にも気づかず、笑顔のままでのぞきこんでくる。近いよ、顔が。

「今日、ポイント三倍だよ。」

どうでもいいよと心の中でつぶやきながら、顔を上げておどろいたふりをする。

「そうだっけ、じゃあ行かないと。」

「食パンも安いよ。」

「食パンは昨日買ったからな。」

「昨日？　だめだよ。食パンは火曜日に買わないと。ヤマザキなら木曜日だけどね。フジパンなら火曜日。」

　こういう一円二円をけちる、いかにも専業主婦らしい行動様式に、専業主婦になって三年たつが、あたしはどうしてもなじめない。

「ママー、ひかるくんとかえるー」

　あやねがひかるくんの後からすべり台にのぼりながら、あたしにむかってさけんだ。お砂場道具の片付けをあたしにさせておいて、自分はのうのうと遊んでいる。

「わかった、いいよ。」

　あたしはとなりでわらうはなちゃんママを意識しながら、わらってうなずく。うなずくたびに、あたしの体の中に澱《よど》んだ水がたまっていく。

「あやねちゃんってはきはきしてて、いいね。」

　はなちゃんママが言う。

「ひかるはぐずぐずだから、あやねちゃんとなかよくしてもらって、ほんと助かる。」

「そんなことないよ。ひかるくんはおとなしくてうらやましい。」

あやねがあたしに話しかけてくるのは、外でだけ。それも、あたしから距離をとったまま。

わかってはいるけど、はなちゃんママにほめられると、わるい気はしない。

「べっぴんさんだしね。」

はなちゃんママは、すべり台を頭からすべりおりるあやねを見ながら、言葉を続ける。

「なんか、なつかしいひびきだね。その言葉。」

「え、べっぴんさんって言わない？　かわいい子に。」

「ちょっと死語かも。」

「死語でもいいよ。あやねちゃんママもべっぴんさんだしね。」

「そんなことないよ。」

「あたしと同い年なんて信じられない。うらやましいよ。」

あたしも信じられないよ。

でも、まちがってもそんなことは言わない。

「そんなことないよ。」

結局、あたしたちは一緒に公園を出た。はなちゃんをのせたベビーカーを押すはなちゃんママ。そのとなりについて歩くひかるくん。ひかるくんと手をつないで歩くあやね。あたしははなちゃんママと並んでおしゃべりするから、あたしとあやねは間に三人をはさむことになる。あたしは知ってる。あやねはこうして、いつもあたしから距離をとる。

スーパーマーケットで買い物をする間、あやねとひかるくんは駅前広場の植込みでかくれんぼをしていた。あたしはしかたなく、昨日も買った食パンを買う。

「買ったんだ。」

はなちゃんママが言う。

「やっぱり、安いから。」

わらってみせて、広場に出るが、あやねとひかるくんはかくれんぼをやめない。

「もう帰るよ。」

はなちゃんママの声に、ひかるくんは藤棚の裏から出てきた。あやねは出てこない。

「もうちょっとー」

外でなら、怒られないと思っている。

今、十二時を三十分まわった。帰って、手を洗って、うがいをして、お昼ごはんを食べると、お昼寝をはじめるのは二時近くなる。お昼寝が遅いと、夜眠るのが遅くなる。

あたしの体にまた澱んだ水がたまっていく。笑顔が顔からはがれ落ちそうになる。

「よおし、じゃあ、あやねちゃん、おばちゃんがつかまえたら、帰るよ。ほら、ひかるも、

「つかまえて！」

はなちゃんママはベビーカーをあたしの横に置き去りにして、走りだした。ひかるくんも後を追う。あやねがきゃあっとわらい声をあげて、植込みからとびだした。はなちゃんママとひかるくんは、あやねを追いかけて広場をぐるりと走り、あたしたちの前まで来て、あやねをつかまえた。ニューバランスの、底のすりきれたスニーカーで。

あやねがうしろから抱きかかえられて、けらけらとわらっている。

「ありがとう。」

あたしは言ったけど、あやねのわらい声にかきけされて、はなちゃんママにはきこえていないようだった。

あやねはきげんよく、ひかるくんと手をつないで先にたち、歩きはじめた。あたしは、自分が怒らなくてすんで、ほっとした。

ところが、マンションの下の、遊具のない小さな公園までやってくると、あやねはふりかえって言いだした。

「ねえ、はなちゃんのママ。ベビーカーおさせて。」

「だめよ。危ないから。」

あたしはとっさに言ったけど、ほんとは、早く帰りたかっただけだった。

「いいよ。公園の中だけね。」

はなちゃんママはあやねにベビーカーのうしろをゆずった。あやねは喜んで、ベビーカーを押して歩きだした。

「ごめんね。」

「ううん。あたしも楽だから。」

はなちゃんママはわらう。いつもは手を出さないひかるくんが、あやねが押しているのを見て、急に自分もやりたくなったらしく、あやねの横にならんだ。

「ぼくもおす。」

「やだ、やめて。」

あやねはベビーカーを乱暴に引きよせた。買い物袋にお砂場道具袋まで下がっているベビーカーは安定がわるく、あやねと一緒に右へ大きく傾いだ。

「危ない。」

はなちゃんママが手をのばして、ベビーカーは倒れなかったが、あやねは膝をついて転んだ。衝撃にはなちゃんがわあっと泣きだした。

あやねははっとあたしをふりかえった。あたしはあやねをひっぱたきそうになる手をかろうじておさえ、ベビーカーを起こすのを手伝った。

「ごめんね、はなちゃん。」

「大丈夫。なんともないから。あやねちゃんこそ、大丈夫？」

はなちゃんママは、しゃがんで、はなちゃんをのぞきこんだあと、あやねをふりかえった。

あたしはふりかえりもしないで言った。

「大丈夫。」

こんなの、あやねは全然平気。

「ひかるはいつも押さないくせに、あやねちゃんにやらせてあげなさいよ。」

はなちゃんママは、ひかるくんに言った。

「てつだおうとおもったんだもん。」

「あやねも一緒に押せばいいでしょ。」

あたしは、体の中の澱んだ水のかさがふえていくことを感じながら、言った。あんまりとげとげしくならないように、でも、自分の子の非を認めていることが、はなちゃんママに伝わるように。

はなちゃんはすぐに泣きやんだ。あやねはうつむいて、あたしたちの後からついてくる。

あたしは、澱んだ水がこぼれないように気をつけて歩くのに精一杯で、はなちゃんママにかける言葉をなくしていた。

「ねえ、そのブーツ、いいね。」

はなちゃんママが、あたしのアグもどきのムートンブーツを見下ろして言った。話しかけてくれるのは、いつもはなちゃんママのほうだ。

「やっぱりおしゃれだよね、あやねちゃんママは。東京で働いてただけあるよね。」

マンションのエントランスに入る。郵便受けを確認しながら、はなちゃんママは続ける。

「あたしなんて、ずっと主婦だからさ。田舎から出てきたし。もうおばさんって感じだよね。」

「そんなことないよ。どこだっけ、田舎。」

「高知。」

「あたしだって、東京の田舎だよ。」

エレベーターが来るのを待ちながら、はなちゃんママはふりかえった。

「あやねちゃんはいいね。ママがおしゃれで。」

うつむいていたあやねの顔がぱっと上がった。

「あのね、ママのブーツとね、あやねのブーツね、おそろいなんだよ。」

「おそろいのブーツなの？」

「そう。あやねのはおうちにあるの。」

「いいなあ。おばちゃんにも見せてくれる？」

「うん。みせてあげる。」

エレベーターが来て、あたしたちは乗りこむ。あやねがボタンを押して、ドアを開けたままにして、はなちゃんのベビーカーが乗るのを手伝う。

「ありがとう。あやねちゃんはえらいね。」

あやねは頬を赤らめた。かわいいと思う。ほんとに、かわいいとはいつも思うのに。

四階で降りる。翼を広げた鳥のように、エレベーターを中心に、左右に廊下がのび、部屋がならぶ。はなちゃんママたちは左。あたしとあやねは右。

「じゃあまたね。」

あたしが言う。

「ばいばい。」

「ばいばい。」

ひかるくんが手をふり、あやねが手をふりかえす。

「じゃあ、今度、おばちゃんにブーツ見せてね。」

はなちゃんママが言う。

「うん。」

あやねがうなずく。

あたしは廊下を歩きだした。あやねはエレベーターの前で、ひかるくんたちを見送っている。あたしは足をとめ、あやねとは離れたまま、はなちゃんママの背中をみつめた。

自分のことをおばちゃんと呼んではばからないのは、温室の中で彼女だけ。

温室で一番やぼったいけど、一番あったかい花。いつもはなちゃんママは自分を卑下して、あたしたちをほめてくれる。

はなちゃんママはアルコーブの中にベビーカーをとめ、はなちゃんを抱きあげた。鍵をジーンズのポケットから出し、玄関の扉を開ける。はなちゃんを抱いて扉の中に入る。ひかるくんも後から入る。扉が閉まる。

あんなにやぼったくて、あんなにあったかい花だって、あの扉の中では、ひんやりと冷たくなるはず。いつだって優しいひとなんて、いるわけがない。

ふう、とあやねが息をもらした。あたしは自分の家にむかって歩きだした。あやねの小さな足音が、ゆっくりとついてくる。

あたしの中の澱んだ水がぽちゃぽちゃと音をたてはじめる。あたしの花は澱んだ水にくさっている。

あたしもアルコーブに入り、ジーンズのポケットから鍵を出し、玄関の扉を開けた。あやねはアルコーブの外で立ちどまる。あたしの中の水のかさが増す。

あやねは小さな手を胸の前で組んだ。この姿を、あたしは見たことがある。見たことがあるのに。

あたしはあやねにわらってみせた。あやねはあたしから目をそらし、肩をぶるっとふるわせると、手を組んだまま、家に入ってきた。

あたしは、あやねのうしろで玄関の扉を閉めた。

がしゃん。その音とともに、あたしの顔から、最後にうかべた笑顔がはがれ落ちた。


おさえられない怒りは、忘れられない記憶なんだと思う。

今日、玄関の扉を開けて家を出てから、ふたたび玄関の扉を開けて家に入り、玄関の扉を閉めるまでに、あやねがした全てのこと。

あたしはみんなおぼえている。

電車に乗るために急ぐひとたちがいるのに、改札口のそばで鳩を追いかけて、スーツのおじさんにぶつかりそうになった。ブランコの順番を守らないで、ひかるくんにゆずってもらった。砂場で山をつくっていて、みさきちゃんに砂をかけた。けんちゃんがバケツをかしてと言ったのに、かしてあげなかった。お砂場道具を片付けなかった。駅前広場でかくれんぼをして、もどってこなかった。マンションの下ではなちゃんのベビーカーを押したがって、あげくに倒した。

あたしの記憶の中で、あやねはのびちぢみする。大きくなってはあたしを怒らせる。あやねが大きくなるたびに、あたしの怒りがつのる。

玄関の扉を閉めると、あたしはまだ靴を履いたままのあやねの髪をつかんでひきずり、リビングのじゅうたんの上にほうりなげた。これは鳩を追いかけたぶん。公園に行く前にあたしが結った髪がばらばらになり、ゴムについているすきとおったいちごのかざりがはじけとんだ。あたしはあやねのふとももをたたいた。これはせっかく結った髪がほどけたぶん。反対のふとももたたいた。これはブランコに割りこみをしたぶん。けって転がした。これはみさきちゃんに砂をかけたぶんと、けんちゃんにバケツをかさなかったぶん。はいつくばって身を守ろうとする背中をけった。これはお砂場道具を片付けなかったぶん。もう一回けった。これはまだあやねが靴をぬいでないぶん。もう一回けった。これはあやねの靴の砂がじゅうたんに落ちたぶん。あやねはわあっと泣きだした。あたしはあやねのうでをつかんで起きあがらせ、ほっぺたをつねった。

「うるさい。泣くともっとたたくよ。」

あやねはひっくひっくとしゃくりあげるだけになった。あたしはあやねの胸を突いて、ソファに倒した。あおむけに倒れたあやねの頭をひっぱたいた。これはかくれんぼをしてもどってこなかったぶん。もう一回。これははなちゃんのベビーカーを倒したぶん。

「わかった？　わるいことをしたら、どうなるか、わかった？」

あやねはすっかり小さくなった。それは、あたしにはもう見えないくらい。

あたしは、ソファで声をおし殺して泣くあやねの靴をぬがせた。片足をぬがすたびにその足をたたいた。めくれたスカートの下の、むきだしのふとももを。

あたしは靴を玄関へもどしにいった。

ぬぎちらしたあたしのブーツとあやねのスニーカーをならべ、フジパンの食パンの入った袋を取りあげるとき、視界のはしに、あたしのブーツとおそろいの、あやねのブーツが入った。

アグもどきのキャメルのムートンブーツ。あやねがこのブーツを履くと、ブーツが歩いているみたいで、とってもかわいい。

記憶はたくさんある。

はなちゃんママが、おしゃれねって言ってくれたのに。

でもきっと、あのひとだって今ごろ、はなちゃんの手をたたいてる。ガラガラを落とした、小さな手を。

あたしはみんなおぼえている。

小さな小さな手。のばすと、大きな手ではらいのけられた。手をつないでほしかっただけなのに。小さな手は、大きくなり、今、小さな頭をひっぱたく。

おさえられない怒りにつながる、忘れられない記憶。

あたしはみんなおぼえている。

靴を履かせてもらっていたころ。ママが履かせようとする靴と、あたしの出した足が違っていたら、ママはあたしの足をぴしゃっとたたいた。

あたしは、まだ靴の右左がわからなかったから、いつも、どっちの足を出したらいいのかわからなかった。自分の出した足がまちがっていると気づくのは、ママにぴしゃっとたたかれたとき。

あたしは、ぴしゃっとたたかれるのがこわくて、足を出すのを躊躇《ちゅうちょ》した。それはぐずだと、よけいにたたかれた。ぴしゃっ。ぴしゃっ。ぴしゃっ。

そんなとき、あたしはいつも数を数えていた。足を出しまちがえたときは四回。

家にはママしかいなかった。ママは夜遅くまで働いて、昼間は寝ていた。話しかけると、頭をたたかれたり、けられたり、たばこの火をおしつけられたりした。

なにを言ったらママが怒るのかわからなかった。たたかれてはじめて、ママが怒ったことがわかった。あたしはできるだけママから離れ、ママには話しかけないようにした。

すこし大きくなると、ママが絶対に怒らないときがあることに気づいた。

それは、百点のテストを見せるとき。

ママは一度だけ、ほめてくれた。

ママの子なのに、あんたはかしこいね。

あたしはそれがもう一度ききたかった。あたしは勉強ばかりするようになった。勉強さえしていれば、ママはたたかなかったし、けらなかったし、たばこの火をおしつけなかった。

ママは早くに死んだ。知らない男のひとの車に乗って、赤信号の交差点につっこんで、一緒に死んだ。男のひとは酔っぱらっていたという。

あたしをほめてくれたのは、一度きりだった。

あたしは、泣かなかった。

あやねが、ソファでうずくまってしゃくりあげている。

あたしとママが暮らしていたアパートはとても古くて、となりの部屋の音がつつぬけだった。ママはあたしが声を出して泣くことを禁じた。あたしは声を殺して泣くことに長けた。

そして、そのうち、泣かなくなった。

あたしはみんなおぼえている。

小さな手を胸の前で組む。自分の身を守るためにくりかえし、くせになる。数を数えるのもくせになった。おみそ汁をこぼしたときは十八回たたかれた。コップを割ったときは二十一回。

ママが近づくと離れる。いつも距離を置く。SとSの磁石みたいに。狭いアパートでは難しかったけど、これもやがてくせになった。

どうせ、抱きしめてなんてもらえないんだから。うかうかしていると、たばこの火をおしつけられる。

記憶にないことは、たったひとつだけ。

あたしは、買い物袋を提げて、キッチンに入った。流しで手を洗う。朝の残りごはんをレンジであたため、ボウルに入れる。しょうゆをかけて、かつおぶしをまぶす。

あやねのお昼ごはんはおかかのおむすび。にぎる前にもう一度、石けんで手を洗う。

塩をつけた手のひらが、赤い。

あやねをたたいて、赤くなった手のひら。

これは、あたしのおぼえていない、たったひとつのことだった。

あたしをたたいたママの手のひらは、どれだけ赤くなっていたんだろう。

あくる朝、あやねは、あたしとおそろいのブーツを履きたがった。

「お砂場で汚しちゃうから、だめ。」

あたしが言うと、あやねは、めずらしく食いさがった。玄関のたたきに立つあたしから、一歩だけ後ずさりながら。

「はなちゃんのママにみせるの。」

「ブーツ買うときに、言ったでしょ。ブーツで公園はだめ。汚れるし、砂が入るから。」

あやねはもう一歩後ずさって、続けた。

「だって、ママがはいていくの、ずるい。」

「ママはおとなだから、汚さないの。」

「あやねもよごさないよ。」

こうなると思っていた。はなちゃんママのせいだ。無責任に調子のいいことばかり言うんだから。

「じゃあ、いいよ。汚さないでよ。」

あたしはしゃがんで、ブーツの片方を持ちあげた。あやねはふわっとわらいながらとびよってきた。ブーツを履かせてもらうために上がり框《かまち》に腰かけ、うれしそうに左足を出す。

あたしの持ちあげたブーツは右足だった。

だから履かせたくないのよ。

あたしはあやねの出した足のすねを、左手でたたいた。ピンクのジーンズをはさんで、にぶい音が狭い玄関にひびく。ばん。

あやねはおどろいてあたしを見上げた。

「反対でしょ。」

あやねはあわてて左足をひっこめ、右足を出した。ブーツを履いて立ちあがってから、あやねは目に涙をためた。

だから履かせたくないのよ。

はなちゃんママのせいなんだから。

あたしはあやねの頭の上から手をのばし、玄関の扉を開けながら、笑顔を顔に装着した。

あやねはたたかれると思ったのか、びくっと体をふるわせ、胸の前で組んでいた手をぱっと上げ、頭をかばった。いつも胸の前で手を組んでいれば、たたかれたときにすぐにかばえる。そう考えているわけじゃない。頭で考えなくても、反射で体が動く。

あたしもそうだった。

たたかれるようなわるいことは、なんにもしていないのに。

今になってわかる。

そのときはあたしも、あたしは世界で一番わるい子だと思っていた。


公園にむかう道を、あやねはつまざき立ちで歩いていく。色づいて落ちた、金色のけやきの葉っぱを、太くて平らなブーツのつまさきでふみつぶすのが楽しいらしい。

「ブーツがだめになるよ。やめなさい。」

あたしが言うのに、外だからきかない。

「だいじょうぶー」

あやねは先に立って、つまさき立ちで歩きつづける。

あたしの中に水たまりができる。

あやねは足もとの葉っぱばかり見ていて、前から走ってきた自転車にぶつかりそうになる。

「危ない。」

あやねはぱっと顔を上げたが、よけられない。イヤホンをはめた高校生くらいの少年が、じゃまそうにあたしたちをにらみつけて、あやねの横をぎりぎりですりぬけていく。

あたしの中の水たまりはかさを増す。この澱んだ水で、花が育つ。

公園が近づくと、あやねは走っていった。

「おはよう、あやねちゃん。」

すぐに温室の花たちが気づいて、笑顔をふりまいてくれる。あやねは返事もせず、はなちゃんママを探している。

「はなちゃんのママー」

砂場にすわっていたはなちゃんママは、あやねの声に立ちあがった。

「みてー。ブーツ。」

はなちゃんママは、あやねに負けないくらいの大きな声でこたえた。

「かっこいいねー。ブーツ。」

「これね、ママとおそろいなんだよ。」

「いいねー。あやねちゃん、おねえさんみたい。」

花たちは口々にほめてくれる。ひとの子なのに一緒によろこんでくれる。

あたしがあやねのうしろから近寄っていくと、花たちはあたしのブーツも見下ろした。

「おそろい、いいね。」

「うらやましい。女の子だとできるよね。」

「どこで買ったの？　かわいい色。」

しまいに、はなちゃんママが言った。

「ほんとにあやねちゃんママって、おしゃれだよね。あやねちゃんは幸せだね。」

あんたのせいで、あやねをたたくことになったんだから。笑顔の下に一瞬うかんだ思いは、その言葉にうすれていった。

やぼったい花は、あいかわらず、うす汚れたスニーカーを履いている。白髪の目立つ髪の毛を、せめて茶色に染めることもしないで、動くたびにぱさぱさと音をたてて、平気でお日さまの光をあびている。

「あやねちゃん、あそぼ。」

砂場から、水の入ったバケツを持ちあげて、ひかるくんが立ちあがった。あやねはどろどろのバケツの中身と、どろだらけのスコップを見て、たじろいだ。

「きょうはおすなばではあそばないの。」

「なんで。」

「だって、ブーツがよごれちゃうでしょ。」

立ったままの三歳児のやりとりを、はなちゃんママははなちゃんをだっこしてわらった。

「ひかるは女心をわかってないねー」

みんなもわらった。笑顔にあたためられて、温室の温度が上がっていく。

りえちゃんのママが、自分で作ったお菓子を配りはじめた。あひるやうさぎの形のクッキー。白い砂糖や黒いチョコレートがかけてある。

「ありがとう。」

「すごーい。おいしそう。」

こども以上に、花たちが歓声をあげる。こどもはなにも言わずに寄ってきて、小さな手を出す。もらえるのはあたりまえ。公園ではこどもが王様だった。

でも、あやねには、教えたはず。ものをもらったときは、ありがとうと言うことを。それなのに、あやねもひかるくんとならんで、りえちゃんママにむかって手をつきだしただけだった。またひとつ、忘れられない記憶がきざまれる。

ゆうやくんとこうやくんの兄弟が、チョコレートのくまさんクッキーの取りあいをはじめた。くまさんクッキーをにぎりしめたこうやくんを、ゆうやくんはけった。こうやくんは泣きだした。それでもクッキーははなさない。

いつもにこにこしている兄弟のママは、こんなときにもにこにこしたまま、おっとりと間に入る。

「ゆうやくん、けっちゃだめ。おにいちゃんなんだからゆずろうね。」

「これしか、くまさん、ないんだよ。」

ゆうやくんも泣きだしている。りえちゃんママがすまなそうにあやまる。

「ごめんね。くまさんクッキー、もっと作ればよかったね。」

「そんなことないよ。うちの子がわがままなのよ。さあ、ゆうやくん。あひるさんだって、あるでしょ。」

ママは長い髪をゆったりとなびかせ、鷹揚《おうよう》にわらう。すらりと高い背を、こどもの目線に合わせてかがみ、ゆっくりと話をする。

「こうやくんママってほんとに優しいよね。」

はなちゃんママの言葉に花たちがうなずく。

「きっと怒ったりしないんだよね。」

あたしもうなずきながら、絶対そんなはずないと思う。あたしでさえたたくんだから。いっぱいいっぱいたたかれたのに、いっぱいいっぱいたたいてるんだから。

花たちにみつめられ、ゆうやくんは残ったあひるさんクッキーに手をのばした。

「わあ、えらいね。」

「さすがおにいちゃんだね。」

花たちが拍手する。あひるさんクッキーをにぎるゆうやくんの頭をなでる花もいる。ゆうやくんは頬を赤らめた。

　こうやくんは急にうらやましくなったらしく、くまさんクッキーをゆうやくんにつきだしてきた。

「やっぱり、ぼく、いい。」

「なにいってんだよ。」

「ぼく、いいよ。おにいちゃんにあげる。」

　ママはまたしゃがんで、こうやくんに話しかける。おだやかな説得の末、こうやくんはくまさんクッキーを持って、やっとけやきの下のベンチにすわった。

「なんでもかんでも、おにいちゃんと一緒がいいんだから。」

　ママは立ちあがりながら、わらってみせた。

　こどもたちはベンチにならんで腰かけ、手が汚れているので、ママにクッキーの袋を開けてもらっては、口に入れてもらった。こどもたちの上に、けやきの葉がふりかかる。

　ゆうやくんだけはもう四歳なので、金色のモールで結ばれた袋を自分で開けた。

　こうやくんはそれを見て、自分でやりたがった。ママが言っても今度はきかない。しゃがんで、こうやくんの目線に合わせ、話しかけるママの目の前で、こうやくんが力まかせにモールをひっぱった瞬間、セロファンの袋がやぶれ、くまさんクッキーが足もとに落ちた。

「あ、三秒ルール。」

だれかがとっさに言ったけど、ずっとにぎりしめられて溶けたチョコレートには、まんべんなく砂がついてしまった。もう三秒ルールも通用しない。

あーあ、と花たちが頭の中でつぶやいた瞬間だった。

「だから言ったでしょ！」

怒りに満ちた鋭い声が、こうやくんの顔にぶつけられた。

えっ、と花たちが驚いたときには、こうやくんのママがこうやくんの肩をつかんでゆすぶっていた。

「だから言ったでしょ！　なんでなんでもかんでもおにいちゃんと一緒のことばっかりしたがるのよ！」

こうやくんは、がくがくとゆすぶられながら、うえぇんと泣きはじめた。

「あんたはまだできないの！　おにいちゃんと一緒のことはできないの！」

うえ、ええ、ええ、えん。こうやくんがゆすぶられるたびに、ママの長い髪の毛がばらばらとゆれる。こうやくんの泣き声もゆれる。

温室が凍りついた。

そのとなりで、ゆうやくんだけは平気で、あひるさんクッキーを食べている。ゆうやくんには見慣れた展開らしい。

まず我にかえったのは、こうやくんママ本人だった。はっとこうやくんの肩から手を離し、しずまりかえった温室を見回した。

やっぱりね。

あたしはほっとしていた。もしかしたら、わらっていたかもしれない。

やっぱり、あたしだけじゃなかった。

「ほんとに、こうやはいつもこうなんだから。」

ママの、まだ怒りをおさえこんだつぶやきに、こたえる声はなかった。クッキーを食べているのもゆうやくんだけで、ほかのこどもたちは食べるのをやめ、泣きじゃくるこうやくんをみつめていた。

「ごめんなさいね。せっかく作ってくれたのに。」

りえちゃんママはあわてて手をふった。

「そんなの、いいよ。」

その言葉をきっかけに、花たちは、こうやくんママから目をそらした。こんなときに役に立つのはこども。まだもぐもぐしているこどもの口にクッキーを割り入れたり、汚れてもない口のまわりを拭いてやったり、まっすぐのぼうしをもっとまっすぐに直したりすることで、気まずい雰囲気の中の時間をやりすごせる。

そう。気まずいのは、自分たちもやっているから。

あたしはうつむく花たちを見まわした。

やっぱり、あたしだけじゃなかった。

「ほんと、腹立つよねー」

うつむかずにわらっている花がひとつだけ。

「下の子って、ほんとになんでもかんでもやりたがるよねー」

はなちゃんママだった。

「でも、こうやくんママは、こうやくんにやらせるからすごいよねー。あたしなんか、汚されたりするのやだから、やらせないもん。えらいよねー」

温室の温度が一気に上がるのがわかった。花たちが顔を上げる。根っこから水をすいあげる。はなちゃんママの言葉という水を。

はなちゃんママは、涙でぐしゃぐしゃのこうやくんの目線にしゃがんだ。

「こうやくんはきっと、おにいちゃんとなんでもおんなじことして、なんでもできるようになっちゃうね。」

はなちゃんママは立ちあがり、今度はこうやくんママのとなりで、ママを見上げて言った。

「こうやくんママって、スタイルいいから、きっとこうやくんは、背も高くなるね。いいねー」

はなちゃんママはこうやくんママの肩までしか背がない。

「ひかるはあたしに似ないといいんだけど。」

こうやくんママはやっとわらった。

「でも、ひかるくんのほうが、こうやより背が高いじゃない。」

「そんなの、今だけだよー」

やっぱり。はなちゃんママは、だれにでもそう言うんだ。

あたしはにらみつけそうになって、こらえた。

調子のいいことばっかり言って。いいひとぶって。あんたのせいで、あたしはあやねをたたくことになったんだからね。

花たちは話しはじめ、温室は温度を取りもどした。

あたしの中の澱みだけは冷えていった。

公園からの帰り道、またはなちゃんママと一緒になった。

同じマンションから公園に来ている母子はほかにもいるのに、あやねがひかるくんとなかよしだから、どうしても一緒に帰ることになる。ただ、今日は水曜日。食パンの特売はない。つきあいで食パンを買わないですむ。

ならんで歩きながら、身構えた。

どうせまた、調子のいいこと言うつもりでしょ。調子のいいこと言ったら、せせらわらってやろう。もちろん心の中だけで。

あやねは、何度言っても、つまさき立ちで歩くのをやめない。お砂場では遊ばず、水飲み場にも近づかなかったせいで、たしかに汚れはしなかった。でも、あれではブーツがだめになってしまう。

ひかるくんは、あやねの、つまさき立ち葉っぱ踏みつぶしごっこが気に入ったらしく、スニーカーでまねして、後をついて歩いている。

「ひかるくんがまねするでしょ。やめなさい。」

あたしが言っても、外だからきかない。

「靴がだめになるんだよ。」

あたしがはなちゃんママを気遣って続けると、はなちゃんママはあたしの横で言った。

「あやねちゃんは、思いつきがすごいよね。」

はじまった。また調子のいいこと言うつもりでしょ。

「あんなことしようなんて、ふつう、思いつかないよね。芸術家タイプだねー」

「そんなことないよ。」

どうせだれにでもおんなじこと言うんでしょ。

「ひかるはあやねちゃんと遊ぶのが楽しくてしかたないみたい。ほら、ひかるは発想力ゼロだから。」

「そんなことないよ。」

あたしはだまされないんだから。

駅前広場を抜けると、あやねとひかるくんは、舗装道路の白線とひびわれを踏むと、地面の裂け目におっこちて死ぬごっこをはじめた。止まれの白い字をとびこえた拍子に、あやねははなちゃんのベビーカーにぶつかった。ベビーカーのうしろにぶらさげたストライプ柄のかばんがゆれる。

「ごめんね。」

走っていったあやねのかわりに、あたしがはなちゃんママに謝る。

「大丈夫。」

こどもを育てると、謝ることばかり。こどものかわりに、親同士が謝りあう。

ごめんね。大丈夫。ごめんなさい。どういたしまして。

助走をつけて、白いひし形のマークをとびこえたあやねが、つまずいて転んだ。

「あやねちゃん、大丈夫？」

はなちゃんママがベビーカーを押してかけよる。

「平気。」

あやねはこのくらい、全然平気。

「あらら、壊れちゃったね。」

はなちゃんママは、立ちあがったあやねの足もとにしゃがんで、ブーツの足を持ちあげた。

ブーツのつまさきが、ぱっくり口があいたように割れている。

だから言ったのに。あんなに言ったのに。

あたしの中の水たまりに波が立った。

「ママ、ごめんなさい。」

近寄っていったあたしに、あやねがうつむいてあやまった。あたしの顔から笑顔が消える。

あんなに言ったのに。

「これ、底がちょっとはがれただけだから、直るよ。あたし、いい接着剤持ってるよ。」

はなちゃんママが、あやねを自分の肩につかまらせ、ブーツの裏をのぞきこんで言った。

「この前ね、スニーカーの底がはずれたから、それで直したの。うち来て直す?」

立ちあがり、あたしとならんで立つ。

近いよ。立つとこ、近すぎ。

はなちゃんママはいつもひとに近づきすぎる。すぐにひとの顔をのぞきこんでくる。

だいたい、今どき、前髪がうっとうしいのよ。小さい目がますます小さく見える。その目でのぞきこんでこないでよ。

慣れてないあたしが距離を置くと、きっかりその分だけ近寄ってくる。

どうせ親からたたかれたこと、ないんでしょ。のほほんと生きてきたんでしょ、のほほんと。

あたしは笑顔のままで、はなちゃんママに悪態をつく。

「でも、もうお昼だから。」

このままずっと一緒にいたら、いらいらしてくるから。

「じゃあ、明日来る? よかったら、公園に行く前に寄らない? 一緒に行けるし。」

なんでそんなに一緒に行動したがるのよ。

「ありがとう、でも」

こんなときだけ話をきいているあやねが大きな声を出す。

「ひかるくんち、いきたい。いこうよ。」

「おいでおいで。じゃあ明日おいでね。待ってるから。」

エレベーターホールで別れるときも、あやねは大声で言った。

「ひかるくーん。あしたねー」

あたしは足早に家へむかった。

今日は、たたくことがいっぱいある。


虐待なんて、言葉もなかったころ。

あたしは毎日たたかれた。

だから、虐待なんて、あたしは絶対しないと思っていた。

女性が自立してないから、虐待とかDVとかがおこるのよ、と信じていた。

勉強して奨学金をもらって大学を出て、化粧品会社で働いた。仕事があれば、結婚しなくてもいいと思っていた。

取引先の会社のひととなかよくなった。優しいひとだった。

こどもはいらないの。

あたしが言うと、それでもいいよと言った。

こどもがいなくても、きみさえいればいいよと言った。

だから結婚した。

結婚したら、やっぱりこどもがほしいと言いだした。

きみがすきだから、だいすきなきみのこどもがほしいと言った。

三年悩んで、こどもを生んだ。

高齢出産だったせいか、胎盤剝離のおそれがあって、妊娠中期から入院した。急なことだったので、仕事の引き継ぎがうまくできず、退職させられた。

生まれてきたあやねはよく泣いた。

目がさめると泣き、たそがれどきになると泣き、夜も起きて泣いた。

パパはタイに赴任した。

あんなにこどもをほしがったのは彼なのに。

パパはあやねを置いてバンコクへ行った。あたしは仕事も育児もできる女だと信じて。

はじめてあやねをたたいたのは、彼が一時帰国する前日。十ヶ月のときだった。

まだ歩いたことのない足のふとももに、あたしの指の跡が四本、くっきりと残った。跡が消えるまでの三日間、風邪ぎみだからお風呂に入れないとごまかした。

今では、パパが帰る三日前からたたくのをやめ、たたいていることがばれないようにする。

まだたたいても大丈夫。

あたしは冷蔵庫に貼ってあるカレンダーを見た。

あと二日は大丈夫。

だから、たたいた。今日はたたくことがいっぱいある。手のひらが赤くなって、じんじんする。手首が痛くなる。

それもこれもあやねのせい。

わるいことばかりするあやねのせい。

右手が痛くなると、左手でたたく。ふしぎなことに、たたくときには、右利きも左利きもない。どんなに不器用でもたたくことならできる。右に逃げられれば右手で、左に逃げられれば左手でたたく。でも、このごろ、あやねはもう逃げない。じっとして、たたかれ、けられるままでいる。あきらめている。あたしも、そうだった。こどもである以上、逃げるところなんて、世界中どこにもない。それに、こんなにたたかれるのは、世界で一番わるい子だからなんだから。

たたいた後、ベッドにほうりなげて、寝室に閉じこめた。

そのとき、クローゼットのすみにかばんが見えた。

景品のストライプのかばん。はなちゃんママが平気で使うかばん。同じかばんを持っているから、それがどれだけ使いやすくて丈夫か知っている。

でも、絶対に使わない。

おそろいだねって、わらうから。

あんたのせいで、今日もあやねをたたくはめになったんだから。

声を殺して泣く声が、耳をすますと、きこえる。

耳をすまさなければ、きこえない。

だから、耳をすまさなければいい。

それだけのこと。


今朝は冷えこんだ。夜があける前から、大粒の雨がだらしなく降っている。この秋はじめて、リビングの床暖房を入れた。冬が近づいている。

冬はいい。寒いから着込んで、肌の露出が少なくなる。たたいた跡も、けった跡も、おして家具にぶつけた跡も、積み木を投げつけた跡も、みんなあたたかい服がかくしてくれる。着せれば着せるほど、いいママになれる。

「外は寒いからね。」

あたしは言いながら、あやねのスカートの下にタイツを穿かせた。これでふともも に残る、たたいたときの指の跡がかくれる。

肌着の上には、お気に入りのパーカーではなく、タートルネックのシャツと、花をあしらったチュニックを着せる。これで、リモコンを投げつけたときの首筋のあざがかくれる。

このあざはなかなか消えてくれない。夕方に買い物にいったとき、ガチャガチャをしたがって駄々をこね、帰りが遅くなって、楽しみにしていたアンパンマンが見られなかった。テレビをつけたときには、エンディングテーマになっていた。アンパンマンは飛んでいった。あやねは泣きだした。あんたが見たいと思ったから、早く帰ろうって言ったのに。あんなに言ったのに。あたしは優しく言ったのに。あたしは見せてあげようと思ってたのに。あたしはリモコンを投げつけた。

あやねの体に残る跡を見ると、そのときの怒りがよみがえる。あやねはそこにいるだけで、あたしに怒りをおぼえさせる。

なんであんなことしたのよ。なんであたしを怒らせたのよ。なんであんなことして、あたしにたたかせたのよ。あたしは、いいママでいたかったのに。たたかせたのは、あんた。みんなあんたのせいなんだから。

朝ごはんの食器を片付け、掃除機をかけ、洗濯物を干しおわると、もう十時。あわてて化粧をしていると、はなちゃんママからメール。

「やっとそうじすんだよ。いつでもどうぞ♡　ちらかってるけど💧」

いつでもなんていって、せかすんだから。

あたしは携帯をばちんと閉じた。

その瞬間にまたメール。

「おはよー。うちのお姫さまたちはもう公園かな。あと四日だね。」

パパは、出勤前に必ずメールをよこしてくる。バンコクとの時差は二時間。身支度がすんだころ。

そうだ。パパが三ヶ月ぶりに帰ってくるまで、あと四日しかない。

「今からひかるくんちに遊びにいきます。こっちは雨。公園に行けないからちょうどよかった。」

返信すると、すぐ返信。

「こっちは晴れてるよ。同じ地球の空なのにね。」

気遣いのできるパパ。優しいパパ。でも、あたしにあやねを生ませておいて、タイに行ったきりのパパ。優しいだけで、なんにもしてくれないパパ。あたしとはなちゃんママはなかよしだと思っているパパ。パパには絶対知られたくない。

夜は二日に一度ほどスカイプ。スカイプの映像は適度にぼやけ、あやねに印された、あたしの怒りの跡をうつさない。

この距離がちょうどいい。

きっと、パパが帰るまでには、このあざも消える。

あたしはもう慣れた。

あやねのぱっくり割れたブーツを紙袋に入れ、パパの実家から送ってきた、あんまりすきじゃない甘いおせんべいを、箱ごとかばんの一番上に入れ、玄関にむかう。

あやねに靴を履かせる。あたしが左を持ちあげたのに、あやねは右足を出す。時間がないのに。はなちゃんママが待ってるのに。

あたしはあやねの足をたたいた。あやねはぱっと右足をひっこめた。たたかれたらひっこめる。おされたら倒れる。けられたらうずくまる。あたしもそうだった。みんなやることはおんなじ。

あやねはだまって左足を出した。マジックテープをはがし、足を靴に入れ、マジックテープをとじる。

玄関の扉を開けて、笑顔を顔に貼りつけ、玄関の扉を閉める。

毎日はくりかえしばかり。家を出て、家に帰る。ごはんを食べて、消化して出し、またごはんを食べる。怒って、たたいて、また怒る。

廊下を歩くとき、あやねはあたしから三歩離れてついてくる。

あたしもそうだった。なにもかもがくりかえされる。

はじめからなにもしなければ、きっと、こんな気持にはならなくてすむのに。

こどもを、生まなければよかったのに。

そう。ママは、生まなければよかったのに。

あたしなんか。


はなちゃんママの家は、うちからエレベーターホールをはさんで、七軒目。

廊下を歩きながら、雨を見る。雨のむこうの丘の上に、小学校が立っている。朝になると、マンションの下にはこどもたちが集まって、集団で登校していく。あやねとひかるくんもこれから幼稚園に通うようになって、幼稚園を卒園したら、丘の上の小学校へ一緒に通うのだろう。幼稚園は別のところに行かせられても、小学校は逃れられない。マンションのローンはあと二十八年残っている。あたしはいつまで、はなちゃんママと顔を合わせていないといけないんだろう。

雨は、とてつもなく高いところから、ひっきりなしに降ってくる。町は雨に降りこめられていた。

あたしは雨の底にいた。六階建てのマンションも、見渡すかぎりひろがる家並みも、雨の底に沈んでいた。一番てっぺんの、丘の上の小学校の校舎すら、水面に出ていない。

あたしは、白い空を見上げた。水面は遠い。重たい気持で六軒の家を、ひとつひとつ、通りすぎていく。

一戸ごとにアルコーブが設けてあるのが売りのマンション。あたしははなちゃんの家のアルコーブの門扉を開けて中に入り、玄関の扉の前で立ちどまった。あやねが背のびしてインターホンのボタンを押そうとするのを、黙って手をのばして、とどめる。

あたしは耳をすます。耳に入る音の全てから、探す。

はなちゃんママがはなちゃんを叱る声を。ひかるくんをどなる声を。片付けやお茶の準備が間に合わず、当たりちらす声を。

ママ友の家に招待されると、あたしはいつも、玄関の扉の前で耳をすます。

いつも、とげとげしていたり、いらいらしていたりする声をみつける。こどもに八つ当たりしている声を。おおげさなため息と、舌打ちを。

やっぱり、あたしだけじゃなかったんだ。

あんなに優しそうなひとでも、やっぱり、そうなんだ。

あたしははじめてほっとして、インターホンのボタンが押せる。

でも、今日はみつけられなかった。

防音が完璧だから？　あたしたちが来ると思って身構えてるから？

そう、きっとそう。

「おしていい？」

あやねがとうとうきいてきた。

「いいよ。」

あやねがつまさき立ちしてインターホンを押すと、廊下を走ってくる足音がきこえてきた。

だだだだだだだだっ。

ひかるくんがドアを開ける。靴下のまま、たたきに降りて。遅れて、そのうしろから、はなちゃんを抱いたはなちゃんママが顔を出す。そんなことをしたひかるくんをとがめもせずに。

「いらっしゃい。ひかるもはなも待ちかねてたよ。」

わらっている。でもその笑顔をいつ貼りつけたのか、あたしにはわかっていた。あたしもついさっき、扉の前で貼りつけたばかりだったから。

雨は降りやみそうになかった。

「ちょうどよかったよね。今日はうちで遊んでいかない？」

「いいの？」

そのつもりだったけど。はなちゃんママといるのもいらいらするけど、それ以上に、あやねとふたりで家にいると息がつまる。

「もちろん。今日さ、はじめて床暖入れた。」

「あ、うちもうちも。」

「やっぱり？」

玄関に入った瞬間から、あたしたちはしゃべりつづける。あやねの靴をぬがせ、自分の靴をぬいで、ぬいだ靴をそろえ、出されたスリッパを履き、廊下を歩いていく間、ずっと。

あやねとひかるくんは、あっという間にいなくなった。リビングに置かれたアンパンマンのすべり台に走っていく。すべり台の横には、大人は乗れないくらい小さな、でも本格的なトランポリンがある。あやねはトランポリンがだいすきだ。すべり台を三回すべりおりると、もうずっとトランポリンではねている。ぼよん。ぼよん。ぼよん。ぼよん。

また数を数えはじめている自分に気づき、頭をふった。

「これ、おすそわけで、わるいんだけど。」

あたしは持ってきたおせんべいをカウンター越しに渡した。

「そんな、いいのに。」

「いいの。よかったら。」

「こんなにたくさん、ありがとう。後で出すね。コーヒーと紅茶、どっちがいい？」

「おかまいなく。」

「コーヒーがいいかな。」

「でも、はなちゃんママ、まだ授乳中でしょ。紅茶でいいよ。」

「もう出てないと思うんだけどねー。じゃあ紅茶ね。」

「ほんとにおかまいなくね。」

やりとりの間に、すっかり汗をかいたあやねは、タイツをぬぎはじめていた。

「やだ、ぬがないで。」

「だって、あついんだもん。すべるし。」

カウンターのむこうから、はなちゃんママがあやねの味方をする。

「そうだね。遊ぶんなら、ぬいだほうが安全かも。」

あたしはあいかわらず毛玉だらけのフリースを着たはなちゃんママをふりかえった。

そうだね。こんなににぶいひとなら、気づかないよね。毛玉だらけなだけじゃなくて、そもそも、パステルイエローをえらぶそのセンス。

あたしはあやねがぬぎちらしたタイツをたたんだ。トランポリンでとびはねるあやねの左のふとももには、あたしの指の跡。とびあがって、スカートがめくれるたびに見える。

右足だってたたいたのに。やっぱり右手の方が力が強いのかな。

はなちゃんママはノリタケもどきのティーカップとソーサーに紅茶をついで運んできた。

「すごーい。マグカップでよかったのに。」

「たまにはね。こどもたちはプラスチックだよ。あやねちゃん、おやつ食べる?」

「たべるー」

はなちゃんママは、別の小さなテーブルに、チョコチップのクッキーと、あたしの持ってきたおせんべいと、りんごジュースを入れたピンクとブルーのコップを並べてくれた。

あやねとひかるくんはすべり台とトランポリンからとびおりて、テーブルに走った。はなちゃんははいはいしながら、その後を追ってきた。

「はいはい、上手になったね。」

「もうたいへんだけどね。そのへん中はいまわって、よくひかるに踏まれてるよ。」

ひかるくんは汗びっしょりで、トレーナーをぬぎはじめた。

あやねも並んでチュニックをぬぐ。

「あやねちゃんのチュニック、かわいいね。」

チュニックだけならいいと思っていたら、あやねはタートルネックシャツまでぬぎはじめた。

「あやね、それはぬがないで。」

「だってあついんだもん。」

「肌着になっちゃうでしょ。はずかしいでしょ。」

「はずかしくない。」

「いいよ。ぬいでも。ひかるも肌着だもん。」

またはなちゃんママは無責任で、不用意で、調子のいいことを言う。あたしの中で、澱んだ水が波立つ。

いいからあんたはじっとしてて。だまってて。あたしの心に波をたてないで。

こどもならたたいてでも言うことをきかせられるのに、他人はなにひとつ思い通りにできないのがもどかしい。

あやねははなちゃんママの笑顔に後押しされ、シャツもぬいでしまった。

どきっとするくらい、窓際の雨ごしの日の光の下で、あやねの首筋のあざは青かった。

でも大丈夫。

「すっきりしたねー。肌着カップルだ。」

はなちゃんママがわらう。

そうだよね。ひとりだけスニーカーでも、毛玉だらけのフリースでも、景品のかばんでも平気な、はなちゃんママが気づくわけがない。

あたしはすわりなおした。

あやねとひかるくんはしばらくはジュースを飲んだり、クッキーを食べたりしていたけど、じきにテーブルを離れ、また遊びはじめた。すべり台につかまって、はなちゃんもトランポリンの動きにあわせて体をゆすり、おおよろこびだ。

「助かるー。お茶が飲めるもんね。」

言いながら、お茶をすするはなちゃんママの目は、ひかるくんとつかまりあって、一緒にトランポリンをとぶあやねのふとももを見ているように思う。とびあがるたびにめくれあがるスカートの下。

はじめから、ジーンズでも穿かせてくれればよかった。

「このクッキー、おいしいね。どこで買ったの？」

あたしははなちゃんママの視線をひきよせた。クッキーはヤマザキの白いお皿に盛ってあった。たぶん、この家には、このお皿が十枚はある。

「これね、母がよく持ってきてくれるのよ。」

「あれ、実家は四国だったよね。」

「そう。あたしの母じゃなくて、パパのね。」

「パパの実家はこっちだっけ。」

どうでもいいんだけど。

紅茶のカップを持ちあげては下げ、持ちあげては下げることをくりかえしながら、話しかけてはきき、話しかけてはきく。あやねのふとももに目がいかないように。

そのとき、スポンジボールが飛んできて、紅茶のカップを持つあたしの手にあたった。カップは床に落ち、さめかけた紅茶と、カップのかけらが飛びちった。

いつの間にか、スポンジバットとボールでの野球ごっこをはじめていたらしい。あやねはボールを投げた格好のまま、立ちつくしていた。ひかるくんがバットを手にしているということは、あやねの投げたボールを打ちそこねたんだろう。ボールはあたしの手ではねかえり、つかまり立ちしていたはなちゃんの足もとへ転がっていった。

あたしはいすから立ちあがった。立ちあがっただけだった。それなのに。

「ごめんなさいごめんなさいごめんなさいごめんなさい」

あやねはけたたましくさけびだし、頭を両手でかばいながら、その場にうずくまった。

「ごめんなさいごめんなさいごめんなさいごめんなさいごめんなさい」

リビングは凍りついた。あたしの靴下だけが、なまぬるい紅茶にぬれて、あたたかかった。


いつかこんな日が来ると思っていた。

なにもかもがばれてしまう日。

「おおげさなんだから」

それでもとりつくろおうと言いかけたあたしの正面から、はなちゃんママが抱きついてきた。

パステルイエローのかたまりが、あたしを抱きしめた。パパにだって、こんなに強く抱きしめられたことはない。

わらいのかけらをよせあつめていたあたしの顔に、はなちゃんママの白髪まじりの髪が、ぱさぱさとあたった。それは痛いほどに、太くて硬い。

「虐待されたんでしょ？　あたしもだよ。だからわかる。つらかったよね。」

はなちゃんママはにぶくなかった。

はなちゃんママは見ていた。あやねのふともも の指の跡を。首筋の青いあざを。あやねの、手を胸の前で組むくせを。公園からの帰り道、あやねがあたしと手をつながないで、距離をあけて歩くことを。

はなちゃんママは顔を上げた。涙で小さな目が真っ赤だった。その目をためらうことなく、こどもたちにむける。

「あやねちゃん、大丈夫だよ。ボールで遊ぶなら、ひかるの部屋に行って遊んでくれる？」

あやねが顔だけ上げた。そこへ、はなちゃんがボールを拾って、すべり台をつたいながら歩いて、運んできた。立ちすくんでいたひかるくんにボールを渡す。

「あい。」

言えるようになった、たったひとつの言葉で、精一杯の思いを伝える。

はなちゃんは、あやねとひかるくんがけんかしていると思っている。まだひとりで歩けない赤ちゃんでも、みんながなかよくしているのがすきで、いさかいがきらいで、みんながなかよくしていてほしいと願っている。

ふてぶてしい顔をして、百二回もガラガラを落として、親に拾わせるはなちゃんが。

「ありがとう、はなちゃん。」

ひかるくんがはなちゃんを見下ろして言った。あやねは起きあがった。

「じゃあ、ぼくのへやいこ。」

ひかるくんはあやねの手をひいてリビングを出ていった。後からはなちゃんがはいはいでついていく。

はなちゃんママはあたしから離れた。ぱさぱさと音をたてて髪が離れ、背中まで回していた腕が離れた。パステルイエローのかたまりとともに、はなちゃんママのぬくもりが離れていった。

「あたしね、おとうさんが働いてなくて、お酒ばっかり飲んでるひとだったの。」

はなちゃんママは涙を袖でぬぐうと、あたしの足もとにしゃがんで、カップのかけらを拾いはじめた。

「よくたたかれたり、けられたり、ごはんを食べさせてもらえなかったり、家を追いだされたりした。」

あたしもしゃがんでかけらを拾った。

「顔にあざができると、学校も行かせてもらえなかった。ばれるからって。」

はなちゃんママは手をとめ、あたしの顔をすぐそばからみつめながら、前髪をかきあげてみせた。

横にしわの刻まれた額に、見おぼえのある、丸い傷跡が残る。

深い穴のような傷跡。

あたしの手の甲にも同じ穴があいている。はなちゃんママは、かけらをつまみあげたあたしの手の傷跡に、そっとふれた。

「たばこでしょ。おんなじ。」

はなちゃんママは、知っていた。そのときの痛みを。消えない親の怒りの跡を。自分の体に刻まれたそのしるしを見るたびに、自分は、親に嫌われている、世界で一番わるい子だと思い知る。いくつになっても消えない、世界で一番わるい子のしるし。

「近所に、近所のおばあちゃんがいてね、あたしが外にいると、家の中に入れてくれたの。ごはんも食べさせてくれたの。家に入れんとってくれっておとうさんに言われたら、一緒にあたしと外にいてくれたの。今日みたいに、雨が降ってきて、寒かった。そしたら、おばあちゃんがあたしの手を、おばあちゃんの手でにぎってくれたの。むごいことよ、これはあ冷ようなってしもうてって言って。」

はなちゃんママは手をとめた。かけらの一つをにぎったままの手で、あふれる涙をぬぐった。

「一度、おとうさんに外でたたかれたとき、おばあちゃんが走ってきて、あたしを抱いてかばってくれたの。たたいたらいかん、この子はなんちゃあ、わるいことしちょらんって言って。」

はなちゃんママはかけらを床に置いて立ちあがった。

「ぞうきん取ってくる。危ないから、じっとしてて。」

カウンターのむこうで、鼻をかんでいる。流しで顔を洗っている。あたしは、泣けない。あたしは、ママが死んでも泣けなかった。

「そのおばあちゃんね、朝鮮から来たひとだった。おとうさんがよく、朝鮮人のくせに口出しすなってどなってた。昔、道路やトンネルをつくるために朝鮮人をたくさん連れてきたんだって。在日朝鮮人だよね、そのころはそんなこと、知らなかったけど。おばあちゃんは字が全然読めなかった。でも話すのは、あたしたちとかわらなかった。朝鮮で、娘を亡くしたって言ってた。あんたばあこんまい子をね、おばあちゃんは死なしてしもうてねって言ってた。孫ができんがは、ばちがあたったがやろうって言ってた。朝鮮で、なにかあったんだろうね。もうおじさんの息子はいたけど、離れて暮らしてた。」

「そのおばあちゃん、今は?」

「もうずいぶん前に亡くなった。自殺したの。海にとびこんで。」

はなちゃんママが持ってきたビニール袋に、カップのかけらを拾っては入れる。かちんとかたい音がする。むかいあってしゃがんで、小さくなった白いかけらを拾う。

「ごめんね。」

あたしはやっと謝った。

「カップ、割っちゃって。」

「気にしないで。あれはひかるもわるいから。それに」

はなちゃんママが顔を上げた。

「ずっと、言いたかったの、あやねちゃんママに。つらいだろうなって、思ってたの。あたし、わかるから。あたしだって、おばあちゃんいなかったら、虐待してたと思うから。こどもがかわいいなんて、思えなかったと思うから。だって、そうでしょ。自分で自分がかわいいと思えなくて、こどもがかわいいって思えるわけないよ。」

はなちゃんママが、かけらにのばしかけた手をそっと動かし、あたしの手をにぎった。

母親に印された深い穴が消える。

「おばあちゃんがね、いつもあたしに言ってくれたの。会うたんびに。あたしを見るたんびに。べっぴんさんって。」

はなちゃんママの手はあたたかかった。

「だから、あたしも言ってあげたいの。べっぴんさんって。だから、べっぴんさんって言うの。自分にも、言うの。おばあちゃんが言ってくれたから。べっぴんさんって。あたしはべっぴんさんだって。」

このぬくもりは、きっと、おばあちゃんのぬくもり。おばあちゃんから伝えられて、あたしに伝わってくる。

「ね、だから、あやねちゃんママだって、べっぴんさんなんだよ。ほんとだよ。」

頬が冷たかった。あたしは、自分が泣いていることに気づいた。

あたしの中の澱んだ水が、あふれだした。

お昼になるのはあっという間だった。

ブーツを直すひまはなく、はなちゃんママが直しておいてくれることになった。

帰りたがらないあやねに手を焼くと、はなちゃんママはホットケーキを焼いてくれた。

「手を焼くときはホットケーキを焼くのが一番。」

はなちゃんママはそう言いながら、ホットケーキミックスで作ったホットケーキをひっくりかえし、ひとりでわらった。

はなちゃんは興奮してつかれたのか、はやばやとお昼寝をはじめていた。

雨は降りつづいていた。

まるで世界中を覆うような雨の中で、あたしたちはぬれもせず、ひとつの部屋に一緒にいた。ホットケーキのにおいにつつまれて。

あたしたちは、小さな水たまりの中にいるのかもしれない。

泣くことを禁じられて育ったあたしが流した、涙の水たまり。そんなちっぽけな水たまりの中にいるのかもしれない。

無数の小さな家たちも、六階建てのマンションも、丘の上の小学校も、みんな沈んで、あたしたちは、水たまりの底で、泣いたりわらったりしているのかもしれない。

公園では今ごろ、雨がけやきの葉を落とし、ベンチを金色にそめている。昨日、こどもたちがならんですわったベンチを。だれも見ていないのに。

ホットケーキを食べると、あやねはもう駄々をこねず、服を着て、玄関にむかった。

ひかるくんのほうが名残惜しそうに玄関までついてきた。

あやねは上がり框に腰かけ、自分の足とあたしの持つ靴を見くらべたあと、一瞬迷って、右足を出した。あたしが持っていた靴は左足だった。

あたしは手に持っていた靴をたたきに下ろし、右の靴を持ちあげて、あやねの出した右足に履かせた。

不安げに自分の足をみつめていたあやねは、ぱっと顔を上げ、あたしの顔を見て、わらった。

べっぴんさん。

あやねも、あたしも。

いつか、心からそう思える日が、来るような気がした。

うそつき

自営業だと言うと、いろんなことを頼まれる。

こども110番の家。自治会の役員は三回。こども会の会長は二回。幼稚園では父母会の会長。小学校ではPTA会長を二年つとめている。

上の子、優介は今年度卒業なので、これで最後だと思っていたのに、下の子、美咲がまだいるから、もう一年だけやってくれと頼まれた。美咲は四年生。このままではあと二年やらされかねない。

両親が経営していた駅前のアパートを建て替え、土地家屋調査士事務所を開業して、十五年がたつ。私鉄の駅に近いとはいえ、横浜駅からずいぶん離れているので、のんびりとした住宅街だ。古い一戸建てには老人が暮らし、マンションや小さな建売住宅には若い家族が移り住んでくるので、こどもの数は多い。そばには東海道新幹線も走っている。

あんなところに住むなんて、と古くからの地主の父は言った。生まれ育った実家は、駅から離れた、丘のむこうにある。新幹線の電磁波を心配しているわけではない。

この町は、今でこそ桜が丘というきれいな名前になっているが、父の代まではからすの谷と書いて、烏ケ谷《うがや》と呼ばれる谷だった。新幹線を通すときに山をけずった土や、当時の産業廃棄物で谷を埋めて宅地造成された、新しい町なのだ。

実際、アパートを取り壊して更地にするとき、ボーリングをしたら、アスファルトや瓦のかけらとともに、電信柱まで出てきた。電信柱は縦に埋まっており、掘っても掘っても引抜けず、今も埋まったままだ。地盤が脆弱であることもわかり、補強するために、三百万円よけいにかかることになった。

自宅兼事務所が完成したら結婚する予定だったミキに、おそるおそるその話をすると、わらって

「電信柱の上に立って暮らすなんて、サーカスみたいでおもしろいね。」

と言ってくれた。

法律事務所で働いていたミキは、その費用も折半して出してくれた。気を遣ってくれていると感謝したが、結婚してからは、それがミキの本心だとわかった。ミキには裏表がなく、本心しかない。

土地家屋調査士の主な仕事は、不動産の登記申請に関する業務であり、そのために、土地の測量や建物の調査が必要となる。財産を守るための大切な仕事だが、いかんせん、ほかの

国家資格にくらべて知名度が低く、測量士や建築士、司法書士などとまちがわれることがある。建物の耐震補強工事をする会社とかんちがいされ、建物の安全性について調査してくれという電話がかかってきたこともある。両親ですら、ぼくが受験するまで、土地家屋調査士という職業がこの世に存在することを知らなかった。

自分の名前の書かれた看板をかかげても、はじめのうちは仕事がなかったので、まずは両親の土地の境界復元や分筆をした。父は喜んで、その仕事の重要さに気づき、まわりの地主や親戚にもすすめてくれた。口コミで仕事はふえ、今では営業にまわらなくてもよくなった。ミキも法律事務所を辞め、補助者として手伝ってくれるようになった。

優介も美咲も字が読めるようになると

「なんでうちの看板に、おとうさんの名前が書いてあるの?」

とふしぎがった。教えてやると、優介が美咲に言った。

「とちかおくちょうさしじむしょ、美咲、三回言ってみて。」

「とりかおちょうじむしょ。」

まだ幼稚園児だった美咲がやっと言う。

「ちがうよ。とちかおくちょうさしじむしょとちかおくちょうさしじむしょとちかおくちょうさしじむしょ。」

優介は親の職業を早口言葉にしてしまった。

「おとうさんってむずかしいおしごとをしてるんだね。」

美咲に、ミキゆずりの大きな目でみつめられ、答えに窮した。


優介は四月一日に生まれた。

優介が生まれてはじめて、四月一日生まれまでが早生まれで、前の学年になるということを知った。なぜか、四月二日からが次の学年になるという。

つまり、優介は、同じ学年のこどもたちの中で、最後の最後に誕生日を迎えるこどもなのだ。

その事実にも驚いたが、ミキの実家にこどもが生まれたことを電話で伝えたら、ミキのおかあさんが爆笑して
「あんた、あたしだって、今日が何日かは知ってるよ。だまそうとしたって、そうはいかないよ。」

と言ったことにも驚いた。電話口のおかあさんのうしろで、おとうさんまでわらっている。

前から、のんきというか、能天気というか、とりとめのつかないひとたちだなあとは思っ

ていたが、ここまでとは思わなかった。たしかに予定日よりは早かったけれど、はじめての孫が生まれることくらいはわかっていたはず。

ミキに伝えたら、個室のベッドに移動したばかりの彼女も爆笑して、看護師さんに叱られていた。

「いい日に生んだねえ。ものすごいうそつきになるんじゃない？」

ミキがうれしそうに話すのをきいて、親子だと思った。

結局、ぼくの両親から電話してもらって、やっと本当のことだとわかってもらえ、おとうさんとおかあさんは、埼玉から初孫を見に出てきてくれた。

同じ学年のこどものうちには、歩いている子もしゃべっている子もいるころに、やっと生まれてきた優介は、みんなについていくのがたいへんだった。

公園で遊んでいたときはいろんな年の子がいたからよかったが、幼稚園に入ると、どう見ても、クラスで一番小さい子だということがはっきりした。

順番に並ぶとか、離れて先生の話をきくとかいったことができず、いつも「ゆうくんルール」を適用されていた。優介だけは、順番を守らなくても、いつも先生のそばにいてもいいということになっていた。

参観日。ほかのこどもはみんな、黒板を背にしてすわる先生にむかって、お話をきいたり、歌をうたったりするから、教室のうしろから参観する親には、こどもたちの顔は見えない。ところが、優介の顔だけはよく見えた。優介は、先生の背中に、リュックサックのようにしがみついていたのだ。

「ゆうくん、特等席ね。」

ほかの親に言われて、どこへというわけもなく、ぼくはぺこぺこ頭を下げていた。ミキはやっぱり爆笑して
「ゆうくん、いいとこ取ったねえ。」

なんて言うもんだから、ひやひやした。

ミキはそういうところがあるから、参観日とか懇談会とかに、ミキだけで行かせるのはとても不安で、なんとか都合してはぼくが出席していた。ミキだけを出していたら、あの親にしてこの子ありと言われるのは目に見えていた。

それが、子煩悩でひまなおとうさんと、まわりには映ったのだろう。やたらといろんな仕事を持ちこまれるようになった。

家ではミキにべったり、幼稚園や学校では先生にべったりの優介は、ぼくを幼稚園や学校

で見るとうれしいらしく、かけよってくる。自営業とはいえ、役員をやるために時間のやりくりをするのはたいへんだったが、それだけで報われる気がした。
ただ、幼稚園の運動会や式典のとき、こどもたちの前に立つと、しんとしずまりかえった中で、優介がぼくを指さし
「あれ、ぼくのおとうさん！」
とさけぶのには閉口した。保護者たちがくすくすわらい、まわりのこどもが静かにしていなくてはいけないと思って黙っていると、もっと大きな声で、しかも黙っている友達の肩をたたきながら
「ねえねえ、ぼくのおとうさんなんだよ！」
とくりかえす。しかたないので、ぼくが壇上から
「そうです。杉山優介のおとうさんです。」
と、マイクを通して応えてやるしかなかった。
優介が小学五年生になり、ＰＴＡ会長をしたときには、壇上に立っても、優介はさけばなかった。
一学年が五クラスもある小学校。ぼくが通っていた三十年前は、一学年はやっと二クラスだった。体育館も今の半分しかなかった。壇上から見下ろす、建て替えたばかりの広い体育

館いっぱいに、千人近いこどもたちがひしめいている。その中に優介もいるはずだったが、どこにいるのかわからなかった。

そんなことで、ああ、優介も成長したんだと気づかされた。たくさんのこどもたちの中に埋もれて、どこにいるかわからない優介。埋もれていられるということが、彼の成長の証だった。


そんなわけで、幼稚園や学校に足繁く通うはめになると、いろんなこどもたちに会うことになった。

幼稚園のとき、優介の個性はとても目立っていたけれど、区内最多の児童数を誇る小学校に上がると、もっと個性的なこどもがたくさんいることを知った。

授業中、教室の中を歩きまわる子、教室の中にもいられず、外へ出ていく子、先生の一言一句にいちいち反応してしゃべり続ける子、ずっと机につっぷして寝ている子。

優介はどうなるかと心配したが、意外にも優介は席についていられた。ただ、運動会の号砲の音がだめで、じゃんけんで決めるルールというものにも従えなかった。

区の音楽会に出るひとをじゃんけんで決めるということになったとき、負けたのがくやしくて、走って家に帰ってきたことがあった。

「わかるわかる。じゃんけんで負けるのって、くやしいよねえ。実力じゃないんだもんねえ。」

ミキは身一つで学校をとびだしてきた優介を、そう言って抱きしめた。それはこどもの心をなだめるための、親の慈愛と理性に満ちた言葉ではなくて、単に本音だった。

ミキも絶対にじゃんけんはしない。たまにやると、必ずミキが負ける。ミキは最初にグーしか出さないのだ。だから、ぼくが負けてやるときはチョキを出す。このことに、ミキは四十路をこえても気づかない。おそらく一生気づかないだろう。

そんなミキは、優介の気持がよくわかるらしく、優介が問題を起こすたびに、優介と一緒になって泣いたり怒ったりしていた。だから、学校の先生や、けがをさせた相手や、壊したものの持ち主に謝るのは、ぼくの仕事だった。

「優介はわるいことはしないよ。必ず理由があるんだから。」

ミキはいつもそう言った。

同じクラスの子にかみついたときは、その子が別の子をいじめていたのをとめて、優介より二まわりは大きいその子に反撃され、いたしかたなくかみついたのだった。

「正当防衛だよねえ。優介は小さいんだから。」

体育のポートボールでは、欠席した子がいて、人数が少なくなった優介のチームを先生が気遣って、一回で二点得点できるルールにしてくれた。それが優介にはどうしても納得できず、先生に文句を言いつづけ、授業にならなくなった。その晩、優介はごはんも食べられないほどに怒ったり泣いたりして、翌日はとうとう熱を出した。

「最初のルールのままだったらよかったのよね。」

ミキはいつでも優介の味方だった。

じゃあ、学校帰りに石けりをして停まっていた車にぶつけたことや、そうじの時間に長ぼうきをふりまわして蛍光灯を割ったことなんかはどう説明するんだとは思ったが、ミキの言うことには一理あった。すききらいやうっかりはともかく、優介のやることにはたいてい理由があった。

それに気づくと、学校で目立ってしまうこどもたちにも、なんらかの理由があって目立ってしまうことがわかってきた。

教室にいられなくて、PTA会議室の前の廊下を歩いていた一年生の女の子に、なぜここにいるのかきいた。女の子は

「あついの。」

とこたえた。

真冬だった。なにを言うのだろうと思ったが、その子の教室に入ってみてわかった。寒いので閉めきってストーブを焚いている教室の空気のよどみを、ほかのこどもには感じられないものを、この子は敏感に感じとっていた。担任の先生に話し、入り口のそばの席にしてもらって、扉をいつも開けておいたら、この子は外へ出ていかなくなった。

みんながみんな、そうとわかる理由があったわけではなかったが、きっと、ぼくなんかにはわからない理由があって、そうしているんだろう。

ミキは、ぼくよりもっと、そういうこどもの気持がわかるらしい。ミキが母親で、優介は幸せだった。

もしかしたら、そもそも、ミキがそういう母親だから、優介がそんなこどもなのかもしれないが、そこのところについては、あまり深く考えないようにしていた。

ミキの両親もふくめて、ぼくは、そういうひとたちがきらいではなかった。

優介はそんなこどもだったから、まわりの同級生、といってもほとんど一年年上のこどもたちに助けられながら、大きくなった。

幼稚園のときは、「ゆうくんルール」で遊んでくれ、教室やホールから優介が勝手に出ていくと、探して、手をひいて連れもどしてくれた。

小学校に上がると、となりの席の女の子たちが優介の世話をしてくれた。連絡帳に明日の予定を書くのが間に合わないと、かわりにきれいな字で書いてくれたり、持ちかえらなかったプリント類やごみでいっぱいになったお道具箱のふたをとじてくれたり、忘れものを貸してくれたりした。

長い休みの前にお道具箱を持ちかえると、中から何枚もの女の子のハンカチやティッシュが出てきておどろいたことがあった。朝の持ち物チェックのたびに忘れてくる優介のために、となりの席の女の子がよけいに持ってきては、その場をしのいでくれていたらしい。優介のことだから、それもまた忘れてしまい、ぼくたちがブラックホールと呼ぶ、優介の机の中に消えていたのだった。

このときばかりはミキは優介を叱った。

「女の子に嫌われちゃうと、一生結婚できないんだよ。」

ミキのとんちんかんな言葉に、なぜか優介は心底震えあがったらしく、それからは女の子にきちんと返すようになった。

優介の通う小学校では、入学すると、男子も女子も区別なく、名字にさんづけで呼びあう。名簿も男女混合だ。役員になって、その理由を校長にたずねたことがある。

「今の時代、男女同権ですから。そういうことは小さいときから教えないと身につきませんから。でも、うちだけではないですよ。公立の小学校は、今はどこもこうじゃないかしら。」

校長先生は赤い唇でほほえんだ。化粧は濃く、明らかに染めている髪は真っ黒で、ぼくより二回りは年上に見える。

「正直申しあげて、小学生の間はなんでも女の子のほうがよくできますけどね。しっかりしていますし。」

校長はつけくわえた。

「いや本当に申し訳ありません。」

思わず、男のはしくれのぼくは謝ってしまった。

その教育方針のおかげか、男子と女子の仲はとてもよかった。優介が家に帰ってきて話す友達も、女子が多かった。

当然ではあったが、面倒見のいいタイプの子以外は、優介をさけた。面倒見のいい男子というものはあまりいないものだから、優介は女子と遊ぶことがだんだん多くなっていった。

やがて、放課後はだれとも遊ばなくなった。高学年にもなると、女子は女子、男子は男子で遊ぶようになり、しかも同じ遊びを好むこども同士でグループをつくるようになる。

意固地で、要領のわるい優介は、どのグループにも入れなかった。それまで遊んでくれていた近所のこどもたちも、それぞれのグループで遊ぶようになり、優介にはお呼びがかからなくなっていった。

学校ではだれとでも遊べるらしく、学校へは喜んで行くのが救いだった。

「あたしも友達いなかったよ。だから勉強したんだよね。」

実は教員免許も持つ、国立大法学部卒のミキは言う。就職してから受けた司法書士試験も一回で通ったという。

ぼくは私立大文学部卒で、土地家屋調査士試験に三回落ちたけど、友達は多かった。ここだけの話、運転免許の筆記試験にも落ちたことがある。大学生で落ちるひとはめずらしい、と、教官に感心された。

どっちがいいのかはわからないが、親としては放課後、優介がつまらなそうにしているのはかわいそうだった。しかも、だからといって、優介が、ミキのように勉強ができるわけではないことは明らかだった。

たしか、ぼくが五年生のころ、この世にファミコンというものが誕生した。はまる子たちを尻目に、ぼくは近所の悪ガキたちと遊びまわっていた。

自転車で遠出したり、釣りにいったり、とりもちを雑木林にしかけたり、蛇をつかまえてきて飼ってみたり、爆竹をかえるやとんぼにしかけてみたり、パチンコを作って鳩や雀を撃ったり、畑でチャンバラして、さつまいもの苗をだめにしてしまったり。つくった秘密基地は十以上になる。どうしても一晩泊まってみたくて、公園にこしらえた秘密基地に泊まり、警察に通報されたこともある。

一番仲がよかったのは、近所の団地に住んでいたもっちゃん。ぼくはたっくんと呼ばれていたが、なぜかあのころ、男子の間では、ちゃんをつけて呼びあうことが多かった。足立はあだっちゃん、山本はやまちゃん。もっちゃんはもとしという名前だった。名字はこのへんによくある杉山。ぼくも杉山で、もっちゃんは父方の親戚だということだったが、こみいっていて、どういう親戚なのかはいまだにわからない。

もっちゃんはいつもぼくのそばにいた。あのころ、できたてだった小学校は、それでも二クラスあったので、毎年同じクラスだったわけではなかった。でも、もっちゃんはいつもぼくのそばにいて、わらっていた。

ごはんも一緒に食べたし、風呂も一緒に入った。お互いにひとりっ子だということもあって、たいてい、ふたりでどっちかの家にいた。

今でも、ぼくはもっちゃんの家の狭い風呂をおぼえている。ふたりでとびこむと、お湯がざあっとあふれて、おばさんに叱られた。うちとは違うシャンプーのにおい。

三十年も前のことなのに、においまでおぼえている。

その団地は老朽化がすすみ、もうすぐ取り壊されることになっている。取り壊しの準備のため、自治会役員として入ったとき、あまりの天井の低さと部屋の狭さにおどろいた。もっちゃんと遊んでいたころは、たった二間の部屋の中をかけまわって、チャンバラをしていたのに。たくさんのひとが暮らしていて、いつもまわりの部屋から、みそ汁や焼き魚のにおいがしていたのに。

もっちゃーんと呼びながらかけあがった階段を覆うように、草がぼうぼうと生えていた。ぼくたち役員は、不審者が入りこまないよう、その入り口にベニヤ板を打ちつけた。


転校生がやってきたと優介からきいたのは、五年生の夏休みが明けて、何日もたってからだった。

「山崎さんていうんだ。」

優介のそっけない説明に、女の子だと思った。

「大きいんだよ、すごく。」

「優介より？」

「うん。」

「それは大きいね。」

ミキも女の子だと思っていたらしい。話がかみあっていないことに優介だけは気づけたはずだが、もちろん優介は気づかなかった。

数日後、その転校生の山崎さんが遊びにきた。ちょうど遅い昼食の後で、ぼくもミキもうちにいた。

山崎さんは、優介より一回り大きい男の子だった。

「いらっしゃい。」

ミキが目を丸くして言った。山崎さんは頭を下げた。

「おじゃまします。」

「ねえ、おかあさんより大きいんじゃない？」

優介ははしゃいだ。放課後、うちに優介の友達が遊びにくるのは久しぶりだった。

「ねえ、だいちゃん、背くらべして、背くらべ！」

優介が玄関に立つ山崎さんのまわりではねる。どうやらだいちゃんと呼んでいるらしい。

「おかあさん、絶対しないからね。」

ミキが言った。それでも優介はミキの手をひっぱって、だいちゃんのほうへ連れていこうとする。

「やめろよ。おかあさん、いやがってるだろ。」

だいちゃんが玄関で、ぬいだ靴をそろえながら言った。まるで兄と弟だ。

「だいちゃんっていうの？」

ミキがきいた。

「はい。大貴です。」

「どこから来たの？」

まるで宇宙からでも来たようにミキはたずねる。

だいちゃんは気にせずにこたえた。

「宮城です。仙台。」

「だいちゃんって呼んでいい？」

ミキがたずねた。

「はい。」

だいちゃんはにこっとわらった。ミキもにこっとわらった。

ミキはだいちゃんを気に入ったようだった。ぼくも気に入った。優介となかよくしてくれるなら、ぼくはだれでも気に入ったと思う。

それからだいちゃんはしょっちゅううちに遊びにくるようになった。

優介は、いつも大きなだいちゃんのまわりをとびはねていた。彼はよくはねる。うれしいときにはよけいにはねる。だいちゃんと一緒にいるのがうれしいんだな、とわかる。だいちゃんはサッカーボールを持ってくることも、グローブを持ってくることもあった。ゲーム機やカードゲームを持ってくることもあった。放課後はたいてい、だいちゃんがうちにいた。

なぜか、優介がだいちゃんの家に遊びにいくことはなかった。

「おかあさんが、だめって言うんだって。」

優介は言った。どこに住んでいるのかきくと、うちの最寄駅よりも一駅横浜寄りの、駅のそばのマンションだという。ぼくの実家のある丘の、そのまたむこう側で、ほとんど一駅分離れていることになる。その距離を、だいちゃんは毎日、赤い自転車をこいでやってくる。

そのマンションは分譲ではなく、賃貸だった。夏休みに引越してきたことを考えても、横浜には多い、転勤族のこどもなのだろう。このへんで駅に近い賃貸マンションに暮らす子は、たいてい二、三年で引越してしまうものだった。

転勤しなくても、どっちみち、中学校は別になる。あっちの駅は、ふたつむこうの丘の上に立つ中学校の学区だった。優介が、今日もだいちゃん来るんだ、とうれしそうにしているのを見ると、それも小学校の間だけだと、気の毒だった。

それにしても、こどもの友達をうちに上げない家というのはめずらしかった。これまでの経験で、そういう家は極度の貧困家庭か、異常に散らかった家か、どちらかだった。まれに、ものすごい豪邸で、猫脚の家具とか巨大な壺とか白いグランドピアノとかがあちこちにあって、こどもが壊すといけないから、という理由で家に上げない家はあった。でも、そんなのはさすがに、今までにその家一軒しかない。

あの賃貸マンションなら貧困家庭ということはありえない。また、引越してきてすぐに散らかるということも考えられない。まあ、豪邸ということもないだろう。

だいたい、体も大きくて、落ちついていて、言葉遣いもしっかりしていて、美咲にも優しくしてくれて、いつもにこにこわらっている彼が、転校してきたばかりとはいえ、ほかの子とは遊ばずに、どうにもこどもっぽい優介とばかり遊んでいるのもおかしかった。

なにがあるんだろう。

ぼくはだいちゃんが来るたびに考えた。

だいちゃんは、ぼくとミキが事務所で働いていると、二階の自宅に上がる前に、必ず事務所のガラス戸を開けて
「おじゃまします。」
と声をかけてくれた。そのとき、はにかんだようにわらった。
この笑顔の裏に、なにがあるんだろう。
まじまじとだいちゃんをみつめるぼくのとなりで、ミキは満面の笑みをうかべて
「いらっしゃーい。」
と黄色い声を上げ、なにも考えずに手をふっていた。

「だいちゃんって、うそつきなんだよ。」

六年になってしばらくして、夕食のときに優介が言った。クラス替えで、だいちゃんは別のクラスになっていたが、あいかわらず、放課後は一緒に遊んでいた。

「うそばっかり言うんだ。」

「どんなうそ?」

美咲がとなりからたずねた。

「おかあさんが殺されて、殺したひとがまま母になってきて、今度はだいちゃんを殺そうとして、ごはんを食べさせてくれないんだって。」

ぼくは箸を落としそうになるほどぞっとしたが、ミキは吹きだしてわらった。優介もわらった。

「ままははってなに？」

美咲がミキと優介の顔をかわるがわる見ながらきいた。

「ほら、白雪姫で、白雪姫を殺そうとするおかあさんがいるでしょ。シンデレラもまま母だよね。後から来たおかあさんのことよ。ほんとのおかあさんじゃないの。」

ミキがわらいを残したままの顔で言った。

「だいちゃんも殺されちゃうの？」

美咲はおびえた。明らかに、だいちゃんが毒りんごを食べさせられている姿を想像していた。

「ないない。それはない。」

優介が言った。

「それはうそつきだねえ。」

ミキは感心して言った。

「よくそんなこと思いつくねえ。」

「ほんとにあいつ、うそつきだよ。」

優介はまたわらって、ごはんをおかわりした。

ぼくはおかわりできなかった。だいちゃんの笑顔の裏には、なにがあってもおかしくない。

ＰＴＡの仕事で学校に行くたびに、いろんな先生と話をするが、こどもがふしぎな行動を取る背景には、こどもだけでなく、親の問題がかくれていることがある。

去年今年と、夏休み前だというのに、二年続けて受け持ちのクラスを学級崩壊させてしまった、まだ若い男の先生がいる。たまたま美咲のとなりのクラスなので、美咲からも保護者からも様子が伝わってくる。ＰＴＡで臨時総会を開いて、その先生をやめさせてくれないかと頼まれたこともある。保護者の話だけをきいていると、やめさせたほうがいいようにも思えるが、直接本人と話すと、そんなにひどい先生ではない。

たしかに、先生としての手持ちのテクニックが少なく、経験不足は否めないが、彼の問題はそれくらいだ。むしろ、騒ぐこどもたち、ひいてはその親たちに問題があるように思える。

いじめといってもいいような仲間はずれを執拗にくりかえす女児は、これまでの自分の成長をふりかえり、育ててくれた親に感謝するという授業で、赤ちゃんのころの写真を持ってくるようにと言われ、こどものころの写真なんて一枚もないと泣きわめいたという。

また、中心になって騒いでいる男児は、体育の授業中に突き指をしたところを家でいっさい手当されず、毎朝保健室に行っては、湿布を貼りかえてもらうのだという。親は、学校でしたけがなんだから、学校で面倒を見てもらえと言うのだそうだ。その子には弟が三人いるが、家には湿布や包帯はおろか、絆創膏もないという。

たかだか十年しか生きていない彼らの、学校以外の時間の中に、一体なにがおこっているのだろう。そのときにあげられなかったさけびが、安心できる学校で、安心できる先生の前で、あげられているとしか思えない。

「美咲、今日は、岡野先生、どうだった?」

ぼくがたずねると、美咲は口の中に入れたばかりのハンバーグを飲みこんでから、言った。

「どなってたよ、今日も。大熊さーんって。怒ってるときもさんづけだから、こわくないんだと思う。」

どうやら大熊さんというのが、中心になって騒いでいる男児らしい。

「でもね、今日、理科で、稲を描いてたら、そのとき、みいちゃん、ひとりだったのね。みんな、朝顔を描いてたから。」

美咲は自分のことを、まわりから呼ばれるままに、今もみいちゃんと呼ぶ。

「なんで稲?」

優介がきく。住宅に埋めつくされて、まわりに田畑のない小学校なので、桜が丘小の五年生は、代々バケツでひょろひょろの稲を育てていた。

「なにを描いてもいいいんだけどね、稲なら葉っぱだけだから、簡単に描けるかなって思って。」

美咲はふたり目のこどもだからか、女の子だからか、生まれもっての性質なのか、ぼくにはわからないが、優介の妹とは思えないほどに要領がいい。少ない労力で生きているという感じがする。

「おまえ、それ、かしこいね。」

優介は素直に感心している。

「それでね、ひとりで描いてたら、岡野先生が来て、みいちゃんに、ひとりでさみしくないのってきいてくれた。」

「なんて言ったの?」

「さみしくないって言ったの。そしたらね、えらいねって、頭をなでてくれたの。」

こどもは、見ている。

大人のいいところも、わるいところも。

目に見えたままを。

夏休み前の個人面談。ぼくはPTAの仕事で学校に来ていたので、ミキと合流して、ふたりで面談を受けることにした。

だいちゃんのクラスの前を通りかかったとき、山崎大貴と書かれたIDカードを胸にさげたひとが、廊下に置かれた椅子にすわって、順番を待っていた。

「あの、もしかして、山崎大貴くんのおかあさまではありませんか。」

ぼくは丁寧に声をかけた。だいちゃんの母親は、すわったまま、おどろいた顔をした。その顔がとても若い。まだ二十代ではないかという若さだ。

「はい、そうですけど。」

「わたし、優介の母です。杉山優介の。」

ぼくが気づいて声をかけたのに、ミキがぼくの前に出て、大きな声を出した。

「はあ、杉山くんですか。」

だいちゃんの母親は立ちあがった。ぼくとかわらないほどに背が高い。

けれども、優介がだれかぴんとこないらしい。毎日うちに来ているのに？　そんなことも知らないのか？　ぼくとミキは、一瞬、目を見合わせた。

「うちによく遊びにきてくれてますけど、ごぞんじありません？」

ミキがいくらか声の調子を落とした。

「あの子、なにも話さないので。それではご迷惑をおかけしているんですね。よく言っておきます。」

茶色く染めた髪は長く波打っていた。白い肌にはしみもしわもない。その顔がにこりともわらわない。

「あの、違いますよ。いつも遊びにきてくれて、うれしいんですよ。なかよくしてくれて、ありがたいと思ってるんです。」

ミキは大急ぎで言った。ぼくも助太刀した。

「ほんとうに、よくできたお子さんで、うちの子もぼくたちも、なかよくしてもらって、助かります。いつでもまたうちに遊びにきてください。」

「そうおっしゃっていただけると、ありがたいですけど。」

能面のような顔に、愛想わらいのかけらもうかべない、だいちゃんの母親は、言いながら、一瞬ミキに頭を下げたような形になった。背が高いので、自分より背の低いミキを見下ろしただけかもしれなかったが、ミキはそれを好意のあらわれと受けとり、またとんちんかんなことを言いだした。

「やっぱり、おかあさんも背が高いんですね。大貴くんも大きくなってよかったですね。名前負けしませんでしたね。」

今それを言うかな、と、いつものことながらぼくはあきれたが、ミキが、精一杯、だいちゃんの母親に気を遣うあまりに口走っていることはわかったので、黙っていた。

ところが、だいちゃんの母親は、思いもかけないことをつぶやいた。

「まあそうですね。でもまあ、わたしが名前をつけたわけじゃありませんし。」

ぼくとミキは耳を疑い、だいちゃんの母親の顔をみつめた。

「ほめられたって、わたしが育てたわけじゃありませんし。」

「ありがとうございました。」

そのとき、教室の扉が開いて、だいちゃんの担任の先生と、面談をしていたほかの母親が出てきた。

「山崎さんですか。」

「はい。それでは失礼します。」

だいちゃんの母親は、わたしたちに軽く頭を下げて、教室に入っていった。先生が彼女の薄い背中のうしろで、扉を閉めた。

うそをついて、とりつくろおうとさえしていない。

先生が開けて閉めた扉から、風が吹きぬけたせいじゃない。その心の空洞に寒気がした。

なぜかうちの事務所には、土地の境界についてのめんどくさい仕事が持ちこまれることが多い。

もう何十年も境界のことでいがみあっているおとなりさん同士や、亡くなった親の遺産分割でもめる兄弟などから、境界をはっきりさせてくれとか、土地を分けてくれとか、それも、自分に都合のいいように分けてくれとか、少しでも自分の土地を広くするように境界に杭を打ってくれとか、でも固定資産税はなるだけ払わなくてすむようにしてくれとかいった、無理難題が持ちこまれる。

境界というのは、そんな恣意的にどうこうできるものではなく、また、してはいけないものだから、ぼくは誠実に業務をすすめるだけだが、否応なく、いろんな修羅場に立つはめにはなる。

今日は、自治会の役員をして知りあった、菊地さんというひとに依頼を受けた。三ヶ月前に越してきたとなりのひとと、境界のことでもめているという。

このあたりの、鉄道会社の開発した古い宅地の持ち主が、年を取って亡くなると、買いあげた不動産会社は、たいてい、二、三軒の宅地にして、三階建ての建売住宅として販売する。菊地さんの隣人も去年亡くなり、となりの家は三軒の建売住宅になった。そのうちの一軒の家の奥さんに困っているのだそうだ。

現場に着いてみると、菊地さんと菊地さんの奥さん、問題の玉野さんと奥さんが、ブロック塀を間に、むかいあって話していた。玉野さんの奥さんはどうやら妊娠中らしい。生まれてくるこどものために、三十五年のローンを組んで、終の住処として建売住宅を購入したのだろう。一方の菊地さんは、退職してもう十年も経つおじいさんだ。玉野さんが息子でもおかしくない。

「こんにちは。」

ぼくが声をかけると、菊地さんはふりかえって、ほっとした顔になった。玉野さん夫婦の顔の険しさから察するに、菊地さんは一方的に責められていたようだった。

「ああ、よかった。専門家の先生です。杉山先生です。」

菊地さんはぼくの肩を抱かんばかりにして、玉野さんに紹介した。しぶしぶという表情で、玉野さん夫婦も頭を下げる。

「玉野さんですね。土地家屋調査士の杉山です。今日は、菊地さんとの境界の確認をお願いいたします。」

ぼくは塀越しに名刺を渡すと、用意してもらっていた、菊地さんと玉野さん、それぞれの家の地積測量図を広げながら、話をすすめた。

「これは菊地さんの土地を登記したときの図面ですが、これを見た限り、境界に問題はありません。そしてこちらは、玉野さんの同じ図面ですね。図面における境界は双方とも、同じ記載です。事前に測量しましたが、図面通りに境界杭も入っています。道路、この場合は市道ですが、市道に接した部分がまず一箇所、ここにはアルミのプレートが設置されています。それからブロック塀沿いに境界がずっと奥まで行って、裏の野島さん、羽根さんと、十文字で交わる四軒の境界がもう一箇所、ここにはコンクリートの杭が埋設されています。このふたつの境界標を結んだ線が、ご両者の境界線ということになります。玉野さんがお買いになったときの図面と、今ご説明した境界標は一致していると判断できます。玉野さんはなにかお困りだそうですが、よろしければこの機会にお話しください。」

にらみつけるような目で、ぼくの話をきいていた、玉野さんの奥さんが、一歩、前に出てきた。

「この塀にね、菊地さんが足ふきマットを干すのよ。」

ぼくはとっさにうなずけなかった。

「お風呂の足ふきマットよ。」

ぼくがうなずかなかったので、奥さんはくりかえした。

「それも毎日よ。毎日、毎日、足ふきマットを干すのよ。ここに。この塀によ。」

奥さんはもう一歩塀に近づき、言葉の終わりには、塀のてっぺんを二度たたいた。大きなおなかがもう塀にぶつかりそうだ。

菊地さんと菊地さんの奥さんが、奥さんの発言におどろいて、口を開きそうになる。ぼくは図面を持っていないほうの手でとどめた。

たしかにこんな苦情を言われたら、だれだって反論したくなる。けれどもぼくはほっとしていた。ここまではっきり言ってもらえれば、解決の糸口は見えてくる。本当に困るのは苦情を言われることではない。苦情を言ってくれないことだ。苦情をひきだすのにいつも苦労するのだ。

菊地さんもぼくも、黙ってうなずいただけだったので、奥さんのうしろに立っていた玉野さんまでが口を開いてくれた。

「まあ、ちょっと妻も神経質かもしれませんがね、それにしても、この塀は共有しているわけですから、うちのほうにまで洗濯物が入ってくるような干し方は、控えてほしいんですよね。」

「それに、それだけじゃないのよ。車のマットも干すのよ。砂だらけの車のマットよ。運転席のも、助手席のも、後部座席のもよ。それに、犬のふとんも干すのよ。あれ、犬のふとんでしょ。毛がとんでくるの。その犬の毛よ。毛のかたまりがね。」

「まあそんなわけでですね、生まれてくる子がアレルギーになるのも心配ですので、うちは、空気清浄機を買ったんです。」

「自分のためじゃないのよ。こどものためよ。その犬のせいでね。犬が走りまわるたびに、うちに毛がとんでくるのよ。」

菊地さんも菊地さんの奥さんも、ぼくの顔をちらりと見て、黙ってくれていた。ふたりの足もとには玉野さんの奥さんに指さされた、黒いラブラドールレトリバーが、うなだれるようにすわっている。ラッキーという。体は大きいが、おとなしい。いつも散歩の途中で、こどもたちにかこまれている。だから、美咲も優介も、菊地さんのことをラッキーのおじさんと呼ぶ。ぼくが役員になって知りあう前から、菊地さんとこどもはなかよしだった。

「わかりました。」

ぼくはうなずいた。玉野さんの奥さんがやっと口を閉じた。

「それではですね、せっかくみなさんおそろいですから、みなさん立会いの上で、境界の確認をもう一度お願いします。」

ぼくは菊地さんと玉野さんをうながし、市道に接しているところと、裏の家と接しているところと、二箇所の境界標が、双方の図面と寸分違わないところに埋められていることを、目で見てもらった。そのふたつの杭を結ぶ線が、菊地さんと玉野さんの家の境界だ。ぼくは菊地さんと菊地さんの奥さんとともに、玉野さんの家の庭に入り、ブロック塀の横に立って説明をはじめた。

「玉野さんは、境界はブロック塀の中心にあるとおっしゃいます。」

近頃はあまりはやらないのだが、このような施工を芯積みという。

「ところがですね、どちらの図面を見てもわかるように、境界は、ブロック塀の玉野さん側、つまりこちら側がずっと、境界になっているのです。」

「そんなこと、きいてないぞ。」

玉野さんがつぶやいた。玉野さんの図面は土地家屋調査士がつくっていない。どうやらいい加減な不動産会社が仲介しているらしく、本来土地家屋調査士にしかできないはずの分筆の登記申請を、二級建築士にやらせてすませている。一宅地を三つに分けた狭い土地だから、少しでも広く思わせるように、芯積みだと偽って売ったんだろう。もしくは、芯積み以外の宅地境界を知らないのかもしれない。

つまり、問題のブロック塀は菊地さんが所有権を持つため、排他的な使用が認められていることになり、いくら足ふきマットを干そうが、玉野さんに文句を言われる筋合いはないということになる。

しかし、それは理屈だった。玉野さんにそう言えばよけいに話はこじれるだろう。菊地さんの依頼は、あくまで、境界をめぐる隣人とのトラブル解決だ。境界確定ではない。

「もう一度、見ていただけますか。玉野さんの図面にあるこの線、これは塀のこちら側の、杭と杭を結ぶ線になるんです。ブロック塀そのものは、菊地さんのものということになるんですよ。」

菊地さんがぼくのうしろで、うんうんとうなずいている。

「じゃあ、なにをしてもいいっていうの。」

玉野さんの奥さんがまたどなりだしそうな勢いで言った。そんなにかっかしたら、おなかの子にさわるだろう。

「ただですね、菊地さんは干していいんですけれども、玉野さんはこういうところを気にされているということがですね、今回わかったわけですから、これからは毎日は干さないとか、せめて犬のふとんはこっちのほうに干すとか、そうやって気遣いをしていただいて、これからおとなり同士で、長く住んでいくわけですから、そうやって、末永くやっていっていただけたらいいんじゃないでしょうか。」

「そうですね。そうします。」

ずっと黙っていた菊地さんの奥さんがうなずいた。

「これからはマットは庭に干しますね。かえって、こうして言ってもらって、境界の確認もできたし、奥さんとお話もできて、よかったわ。」

「どうもうちのやつは洗濯好きでね。困ってるんですよ。今朝もわたしが起きるなり、洗濯するから寝間着をぬげというしまつで」

大柄な菊地さんが、強面《こわもて》の顔をゆるめて、頭をかいてみせた。

「あなたは黙ってて。赤ちゃん、もうすぐなのね。楽しみですね。」

「ああ、はい。来月が予定日なんです。」

菊地さん夫婦にほほえまれて、玉野さんの奥さんがはじめて口もとをほころばせた。

さすがに年の功だ。菊地さんは自治会の役員だけでなく、消防団にも入って、地域のために尽くしてくれている。玉野さんだってなにかあれば、菊地さんのお世話になるかもしれないのだ。

菊地さんとは、役員で一緒に、自治会の夏祭りやどんど焼きをした。どんど焼きが行われたのは、それが最後だった。煙の苦情が出て、翌年からは開催されなくなった。

夏祭りのおみこしが出たのも、その年が最後だった。こども会のこどもたちが担ぐことになっていたが、担ぎ手が減ったのだ。実際にはこどもはふえているのに、こども会に入るこどもは年々減っている。習い事だ塾だと忙しい上に、個人情報保護だとかで、新一年生の情報が学校からもらえなくなり、こどもをこども会に誘うことすらできなくなったのだ。

「ありがとうございました。本当に助かりました。」

帰り際、菊地さんの奥さんが頭を下げてくれた。

「いやあ、やっぱりあんたは見所があるよ。消防団に入りなよ。」

東北のなまりのある菊地さんは、ぼくの背中をどんとたたいた。どんな人生を経て、菊地さんはここに暮らしているのだろう。

ぼくは菊地さんの家の前の坂道を下り、町を見渡しながら、PTA会長が終わったら、消防団に入ってもいいかなと思った。

丘の畑はつぶされ、森は木を切られて整地され、谷は産廃で埋めたてられた。その地面を測量して、境界という線で区切ったのはぼくたちだった。

買い主は建蔽率《けんぺい》いっぱいに家を建てる。二階の窓から手をのばせば、となりの家の壁を触れるくらいに、ぎりぎりまで、自分の取り分を主張した家。その小さな土地の小さな家のローンを払うために汲々として、自分のことで精一杯。ひとのことなど考えられない。たくさんのひとが暮らしているのに、お互いにつながることを避け、近所づきあいも祭りもなくしていく。

そうして、小さな家が積み木をならべたように無数に連なる、この風景ができあがった。

ぼくが望んだわけではない。秘密基地をつくって遊んだ山や森を、なくしたいわけがない。気がついたら、こうなっていた。失われたものはもどらない。

せめて、縁あってこの町に暮らすことになった者同士、つながりあっていたい。そのためなら、消防団でもなんでもやろうと思った。

家々の屋根を見下ろしながら、ぼくは、小学校の長い廊下で、高い窓からの光を浴びて立っていた、だいちゃんの母親のことを考えた。

屋根と屋根の間に、電信柱が針のように突っ立っていた。どの家も、とろりとたれさがりながらのびていく電線で、かろうじてつながっていた。

夏休みが終わり、楽しみにしていた修学旅行に出かけ、日光から帰ってきた優介は、見たもの、きいたもの、楽しかったこと、困ったこと、雨が降ってきたことなどをしゃべりつくした後、ぽつりと言った。

「毛が生えてたやつがいた。」

早生まれの優介には衝撃だったのだろう。それを親に言うところがこどもなのだが。

「だいちゃんも生えてんのかな。」

クラスが違うので、一緒に風呂に入らなかったらしい。

「優介はまだだもんね。生えたら言うんだよ、絶対！」

ミキが強制する。

「絶対言わない。」

そんな優介だって、このごろ、体に筋肉がついてきて、おでこのあたりににきびが出てきた。

翌日は修学旅行のつかれをとるために学校は休みだった。朝からやってきて、事務所に顔を出しただいちゃんを見て、引越してきたばかりのころにくらべ、ずいぶんほっそりしたことに気づいた。前はなんとなくぽちゃぽちゃしていたのだが、背がさらにのびたせいか、やせてきた。また、顔つきも鋭くなっているような気がするのは、優介にはまだ全くない、鼻の下にうっすらと生えてきたひげのせいだろうか。

「だいちゃん、なんかスマートになったね。」

ぼくが言うと、優介が言った。

「ほら、だからさあ、まま母だから、ごはん食べさせてもらえないんだって。むちでたたかれたりもするんだって。」

ぼくとミキは目を見合わせた。

「ねえねえ、だからさあ、だいちゃん、今日、お昼も一緒に食べていっていいよね。だってだいちゃん、ごはん食べさせてもらってないんだからさあ。」

優介がわらいながら言った。

「いいよ。」

ミキが言った。

「やったあ。ほんとおまえさあ、うそつきだよな。でも役に立つな、おまえのうそな。」

優介はだいちゃんの広い背中を押しながら、事務所を出ていった。

だいちゃんがどんな顔をしていたかは見えなかった。


PTAの定例会議の後、校外委員長の酒井さんから相談を受けた。

同じマンションの男の子が、ひどくどなられたり、たたかれたりしているようで心配だと言う。

だいちゃんのことだった。

「うちにもどなり声きこえるよ。むかいだから。おとうさんがどなってる。」

広報委員長の阿見さんもうなずく。

「そうそう。その家。」

「微妙だよね。別に元気にしてるしね。」

「引越してきたばかりのとき、うちでお昼ごはんを食べさせたんですけど」

酒井さんは言った。

「ほんとのおかあさんじゃないって言ってました。おとうさんはほんとのおとうさんだけど、一度もたたかれたことなかったのに、あのひとが来てから、たたかれるようになったって言ってました。」

「そんなこと言ってましたか。」

「ええ、そのころは。でも、今はもう全然。大丈夫？　って声かけても、大丈夫ですってしか言わなくなっちゃって。お昼食べた？　ってきいても、食べましたって。もう大きくなったし、はずかしいんでしょうね。ごはんを食べさせてもらえないこととか、たたかれることとか、はずかしくて、言えないんでしょうね。それがかえって深刻な気がするんですけど。」

でっぷりと肥えた酒井さんは、そのときのことを思い出したのか、涙ぐんでいた。自身のこどもは五人いるという。容量の特別大きな、愛情の器のようなひとだ。

「そういえば、あいつんちまま母なんだろって、うちに遊びにきてた子が言ってました。そういうの、こどもって残酷ですよね。」

阿見さんもうつむく。

「あの子のせいじゃないのに。」

ぱんぱんにふくれた手の甲で、酒井さんは涙をぬぐった。

「まずは学校側に伝えましょう。ぼくも様子を見守ります。」

ぼくが言うと、酒井さんと阿見さんは頭を下げた。

「よろしくお願いします。」

よそのこどものことで、おしみなく涙を流し、頭を下げる彼女たち。働きに出ていないとはいえ、役員の仕事に割く時間のやりくりはたいへんだと思う。彼女たちのおかげで、関心のない親たちのよせあつめのPTAも、なんとかやっていけている。

うそつき。

ぼくは、優介がくりかえす言葉を思い出していた。

だいちゃんがうそをついていると信じているのは、きっと、優介だけなんだろう。

だから、だいちゃんはうちにやってくる。

赤い自転車で丘をくだって、小学校の丘をのぼり、またくだって、うちにやってくる。

現実の全てはうそだと、だいちゃんはうそつきだと信じてくれている、優介のもとに。

事務所にもどり、ミキにだいちゃんの話をすると、ミキはうなずきながら口をひらいた。

「なるほどね。昔話でさ」

またこのひとはなにを言うんだろうと、ぼくは思わず身構えた。

「なんでまま母の話が多いのかなあとずっと思ってたの。」

「そんなにまま母の話、多いかな。」

「多いよ。白雪姫でしょ、シンデレラでしょ、グリムなんてほとんどまま母だよ。ヘンゼルとグレーテルは実の親だけど。」

「そっちのほうがこわいな。」

うちには美咲が生まれたときに親戚から贈られた、グリム童話の絵本集がある。

「だから、なんでまま母の話が多いかっていうと、つらい思いをさせられてるまま子が、ほんとにいっぱいいるからなんだよ。昔話があるくらいの昔から。」

「だいちゃんは白雪姫か。」

「でも大丈夫。みんな必ず、最後は幸せになるから。」

ミキはわらった。ミキはいつもわらっている。

「でも、白雪姫が幸せになるためには七人の小人がいるのよね。」

ミキはきっと、はじめから幸せで、最後まで幸せなお姫さまだ。本当の母親はそもそも死ななくて、お城から出ることもなく、七人の小人にも王子さまにも会わないまま、幸せに暮らして、年を取って死ぬお姫さま。昔話としてはちっともおもしろくないが、現実にはだれもが願う人生。

「あたしたちが七人の小人になればいいんだよ。どうせわるいおきさきは、最後までいいひとにはなれないんだから。」

わるいおきさきは悔い改めることなく、焼けた靴を履かされて、死ぬまで踊らされる。きっと彼女は不幸だったんだろう。おそらくは、生まれてきたはじめから。

幸せなひとだけが、幸せをひとに分けてあげられる。きっと七人の小人も幸せだったんだろう。

それから、ぼくたちは、休みのたびにだいちゃんを連れて、五人ででかけるようになった。サッカーの試合を観にいったり、海でバーベキューをしたりした。

はじめはクーラーボックスひとつ持つにもふらふらしていただいちゃんが、みるみるたくましくなっていくのがうれしかった。美咲も優介も、だいちゃんが一緒のほうが楽しそうだった。そしてだれより、だいちゃんがまじることで兄妹げんかがなくなったと、ミキが一番喜んでいた。

桜が丘小は前期と後期の二学期制なので、秋休みという奇妙な休みがある。休みに入るとすぐ、だいちゃんが泊まりにきた。さすがに泊まりというのは親に無断ではできないので、ぼくが電話して断りを言った。電話に出た母親は眠そうな声で、もぐもぐとしゃべり、その中にかろうじて、お礼のような言葉がふくまれていた。あいかわらず、優介がだれなのか、よくわかっていないようだった。

きっと、このひとも不幸なんだろう。輝くほどに若いけれど、それはもう、ぼくやミキには失われたものだけれど、そんなことをさしひいてもあまりあるほどの不幸。

晩ごはんの後、風呂に入るとき、急に照れた優介は、風呂場に鍵をかけてだいちゃんを入れないようにしたが、結局一緒に入って、大騒ぎしていた。

風呂から出ると、パジャマに着替えて、優介の狭いベッドにもぐりこんだ。もともと二段ベッドだった木のベッドは、ふたりの重さにぎしぎし鳴った。

美咲はいつもひとりで自分の部屋で眠っているのに、だいちゃんと優介がうらやましくて、急にさみしくなったのか、めずらしく、ぼくたちのベッドに入ってきた。

優介の部屋からは、かなり遅くまで、ぎしぎしという音が洩《も》れていた。

「そうだ、枕出してやるの忘れた。」

ミキが美咲とならんで、横になりながら言った。

「いいんだよ。枕なんか。」

あんな小さい、ひとつのふとんに、友達とくるまって眠る幸せ。

ぼくは目を閉じて思いだしていた。

もっちゃんと公園に秘密基地をつくった。こわい顔のパンダの遊具のあった公園。枝のねじれた楠に、ブルーシートを掛けてしばりつけ、段ボールを敷いて床にした。うれしくてじゃれあって、しまいに抱きあって、じっとしていた。

親に抱きしめられたことはおぼえてないが、もっちゃんと抱きあったことはおぼえている。もっちゃんのほうがぼくより体が大きかったから、正確には、ぼくがもっちゃんに抱きしめられていたのだが。

あれは、もっちゃんがハワイに行くことが決まった後だった。

夜中に通報を受けた警官がふたりやってきて、秘密基地は取り壊させられた。こわい顔のパンダが、街灯の光に青ざめて、ぼくたちをじっと見ていた。

あの遊具もいつのまにかなくなった。そのときの楠も、大きくなりすぎて日当たりがわるくなると苦情が出て、切り倒された。いずれ、公園のまわりをかこむけやきも切り倒すことになるのだろう。優介と美咲の入学式のときに咲き誇っていた、小学校の桜の大木も、切り倒された。

きっとみんな、木の生命力がこわいんだ。びゅうびゅうとのびる枝、春になるとひろがって、空を覆う葉。切り倒して、手に負えないものはなかったことにする。

産廃を埋めて、整地して、川を埋めて、舗装して、なかったことにする。まるでここは昔から桜が丘という町だったようなふりをする。うそで塗りかためて、その上で暮らす。そのうち、うそをついていることすら、忘れてしまう。

もっちゃんは真っ黒な肌と、大きな目と、こまかく縮れた髪を持っていた。おとうさんははじめからいなかったけど、横須賀に来ていたアメリカ兵だった。

六年生のとき、そのおとうさんとおかあさんがよりをもどして、もっちゃんはおとうさんの赴任地であるハワイに行くことになった。

生まれたときからずっと一緒にいたもっちゃんと別れることがどういうことか、ぼくはわかっていなかった。

でもそのとき、秘密基地の段ボールの上で、ぼくははじめてわかった。

別れるとは、今抱きあっているもっちゃんが、ぼくの手の中から離れていってしまうということ。ぼくの手の中に、もっちゃんがいなくなってしまうということ。

それからすぐ、もっちゃんにそっくりなおとうさんがやってきて、もっちゃんともっちゃんのおかあさんを連れていった。

ぼくは、団地の入り口に立って、もっちゃんに手をふった。

その手の中に、もっちゃんはいなくなった。

ぎしぎしという音をききながら、ぼくは眠りに落ちた。


夜遅くまで起きていたはずなのに、翌朝、優介とだいちゃんは一番に起きてきた。結局眠らなかったのかもしれない。

ぼくが居間に入ると、ふたりはパジャマのままで、床を転がって遊んでいた。

「おまえ、飛行機も知らないの？」

優介が言っていた。

「なに、飛行機って。」

「飛行機だよ。寝て寝て。」

優介に言われ、だいちゃんが床にあおむけになった。

「それで、手と足を上げるの。そうそう。」

優介は、だいちゃんの手をにぎって、だいちゃんの膝に乗りこんだ。

「うわ、おとうさんより低いな。」

だいちゃんはすぐに体を倒して、優介を墜落させた。

「今度はおれ。落とすなよ。」

次は優介がだいちゃんに飛行機をやってやったが、優介はだいちゃんの重みに耐えかねて、また墜落した。

「男の子はいいねえ、無邪気で。」

起きてきたミキが言った。

「グループとかもないしさ。無邪気でいいよね。」

ミキは男の子に幻想を抱いている。実際は、男の子のほうが仲間で固まるものだ。こどもっぽい優介なんか、どの仲間にも入れてもらえなかった。

ぼくは、ずっともっちゃんと仲間だったけど、もっちゃんはクラスの中で仲間はずれにされることが多かった。黒人と言われて石を投げられたことも、ランドセルを遊水池に投げこまれたこともある。もっちゃんと遊んでいるぼくも仲間だと言われ、クラスの子が口をきいてくれなくなったことも、靴や筆箱を隠されたこともあった。

それでも、ぼくは、もっちゃんがいてくれるだけでよかった。たしかめたことはないが、もっちゃんもきっとそうだったと思う。

朝ごはんは、パンとゆで卵と、ベーコンとレタスのサラダだった。ミキが、ゆで卵をふたつに割りながら、だいちゃんに言った。

「あたしね、卵の黄身がきらいなんだ。だから、いつもね、このひとが食べてくれるの。はい。」

ミキは、つるんとはずれた黄身を、ぼくの皿にのせた。

「あたしね、結婚するなら、黄身のすきなひとと結婚しようって、ずっと思ってたんだ。」

「ずるいな。」

優介が言い、だいちゃんがわらう。

「いいの。」

「じゃあさ、おかあさん、結婚するまではどうしてたの?」

美咲が大人っぽい質問をした。

「それまではねえ、おばあちゃんが食べてくれたの。」

「おばあちゃんって、埼玉の?」

「ううん、それはあたしのおかあさんでしょ。あたしのおかあさんのおかあさん。美咲も優介も知らないよ。あたしが結婚する前に死んじゃった、あたしのおばあちゃん。あたしのおかあさんが全部食べなさいって怒るからね、おばあちゃんがいつもこっそり黄身を食べてくれたの。」

「あまえてるな。ぼくには残さずに食べろって言うくせに。」

優介が言い、まただいちゃんがわらった。

ミキのおかあさんとおとうさん。優介が生まれたことを四月ばかだと思っていたミキの両親。だいたいミキの名前がカタカナなのは、漢字をどうしようか迷っているうちに時間切れになって、しかたなくカタカナで出生届を出したせいだった。

その母親の母親、ミキのおばあちゃんに、ぼくは一度だけ会ったことがある。がんも末期だった。ミキとミキのおかあさんと一緒に、病室にあいさつに行った。看護師に呼ばれたミキとミキのおかあさんが席を外したときに、おばあちゃんがぼくに言った。

「ミキはなあ、あいつは、卵の黄身がきれぇなんだ。」

おばあちゃんにとって、ミキは、たったひとりの孫だった。

「おれもきれぇなんだけんど、ミキがかわいそうだから、食ってやってたんだ。」

おばあちゃんはぼくを見上げた。痛みどめがきいているのだろう。とろんとした目だった。

寝ぼけているのかと思うくらい。

「おめえ、わかんかなあ、そうゆうん。」

「わかります。」

ぼくは即答した。おばあちゃんはゆっくりほほえんだ。そのまままどろんでしまいそうなたよりなさだった。

おばあちゃんは結婚式までは生きていられなかった。ぼくが言葉を交わしたのは、それが最初で最後だった。

ぼくも卵の黄身はきらいだった。

だから、ぼくとおばあちゃんは同じだ。ミキの喜ぶ顔を見たくて、ミキが叱られるのを見たくなくて、黄身を食べていたおばあちゃん。ぼくは、ミキのおばあちゃんがだいすきだ。

ぼくも、ミキの喜ぶ顔を見たかった。ミキとはじめてゆで卵を食べたとき、ぼくはミキの分の黄身を食べた。

「おばあちゃんとおんなじだ。」

ミキはわらった。

ミキの知らない、ぼくとミキのおばあちゃんの同じところ。ほんとは、卵の黄身がきらいなところ。

このことは、絶対、ミキには言わない。

ミキはいつものようにわらいながら、白身をおいしそうに食べている。ミキがわらっているから、美咲も優介もだいちゃんもわらっている。

それを見ているぼくまでわらってしまう。


朝から雨が降っていた。

昼下がりに開けた郵便受けには、事務所への仕事の手紙と一緒に、雨のしずくの落ちたはがきが届いていた。

優介への中学校就学通知書だった。来年の四月に入学する中学校が書いてある。

ぼくはぶるっと体を震わせた。雨のせいか、気温が下がっていた。冬が近づいているのだ。

放課後になっても雨はやまなかったが、だいちゃんはいつものように遊びにきた。

ぼくが現場でぬれた作業着を着替えるため、家にもどると、ふたりは居間の床でくすぐりっこをしてじゃれていた。

「おまえ、脇は平気なくせに、首が弱いな。」

だいちゃんに首をくすぐられ、優介は息が切れるほどわらっていた。

だいちゃんは、同じ小学校からほとんどのこどもが行く中学校ではなく、となりの中学校に行くことになる。優介とはお別れだ。

学区が異なる中学校に行くためには、学校長に許しを得なくてはいけない。だいちゃんの親がそのために奔走することはないだろうし、だいちゃんがそれを親に頼むこともないだろう。

雨の中、おそらくだいちゃんの家にも届いている通知書には、別の中学校の名前が書かれているはずだ。そのことをだいちゃんはきっと知っている。優介はまだ知らない。いずれ優介が知ったときには、だいちゃんがまた、うそをついてみせるのだろう。

「次、スピードしようぜ、スピード。」

優介がまだ床にあおむけになったまま言った。そういえばこの子は幼稚園のころ、先生に抱きついていないときは、よく床を転がっていた。自分以外のものにふれていることで、自分の存在をたしかめているようだった。

「将棋がいいな。」

だいちゃんが言う。

「じゃあじゃんけん。」

あおむけのままの優介とだいちゃんはじゃんけんした。優介はチョキを出し、だいちゃんはパーを出した。

「やったあ。スピード、スピード。」

優介はとびおき、自分の部屋にトランプを取りに走った。ぼくの横をすりぬけるとき、ぼくにわらいかけながら言った。

「あいつとじゃんけんしたら、いっつも勝つんだよ。」

優介はいつもはじめにチョキを出す。

きっと、優介は永遠に気づかないだろう。なぜだいちゃんとじゃんけんをしたら、いつも自分が勝つのか。

だいちゃんは居間の窓枠に置かれた家族写真を眺めていた。美咲の七五三のとき、みんなで着物を着て、近所の写真館で撮ってもらった写真。ほんの三年前のことなのに、こどもたちはおどろくほどあどけない。優介の背はぼくの肩までもない。

ハワイに行ったもっちゃんは、大人になって、おとうさんと同じアメリカ兵になった。そしてイラクへ派遣され、道路脇に仕掛けられていた爆弾に吹きとばされて死んだ。葬式はアメリカで行われたから、ぼくは、もっちゃんがどんな大人になったのかも知らない。

団地の入り口の前で手をふって別れたまま、二度と会うことはなかったもっちゃん。その団地の入り口にベニヤ板を打ちつけたぼく。

だいちゃんと優介は、居間の床にあぐらをかいてスピードをはじめた。優介のきゃんきゃん騒ぐ声がひびく。

「おにいちゃん、うるさい。」

クラスの友達とリカちゃん人形で遊んでいた美咲の声など、優介の耳には入らない。

そんな優介を、だいちゃんはにこにこして見ていた。

ぼくは知っている。

たとえ別れても、二度と会わなくても、一緒にいた場所がなくなってしまったとしても、幸せなひとときがあった記憶が、それからの一生を支えてくれる。どんなに不幸なことがあったとしても、その記憶が自分を救ってくれる。

雨に降りこめられた家の中。

このひとときの記憶が、いつか、優介とだいちゃんを救ってくれますように。

ぼくは祈った。

こんにちは、さようなら

いつの間に、こんなに年を取ったんでしょう。

気がついたのは、今年に入ってからだった。

朝、目をさまして、ベッドから起きあがり、トイレに行った。

春だった。

トイレの窓に、お日さまの光がさしていた。

学校へむかうこどもたちが、窓の下を通っていった。

おまつりみたい。

こどもたちの声はにぎやかで、はやくて、なにを言っているのかちっともわからない。でも、とても楽しそうだ。ランドセルの金具の音が、かちゃかちゃとはやしたてる。

仏壇に手を合わせて、気がついた。

わたしは年を取った。

仏壇の中のかあさまより、とうさまより。

写真のかあさまの髪は黒い。とうさまの額は狭い。

わたしのほうがずっとずっとおばあさんになっていた。

こんなに長生きするとは、思わなかった。


一度だけ、結婚したことがある。

かあさまが、わたしの部屋に入ってきて、見合い写真を差しだした。

わたしは、はずかしくて見られなかった。

部屋を出ていったかあさまに、廊下で待っていたとうさまがきいていた。

「どうだ、あきこは。」

「見もしません。はずかしがってしまって。」

「そうか。いいひとだと思うがなあ。」

「いいんですよ。いいひとなんだから。」

わたしは写真の中のいいひとを見ないまま、結婚した。

綿帽子から、となりにすわっているひとをのぞき見た。そのひとは堂々と、前だけを見ていた。わたしを見てはいなかった。

女がえらべる時代ではなかった。

戦争が終わったばかりで、まともな男なんてめったにいなかった。見合い相手がいるだけ、仕合わせだった。

ところが、残念なことに、とうさまとかあさまが言ったいいひとは、わたしにはいいひとではなかった。

わたしはじきに実家にもどった。そして、そのひとの顔と名前を忘れた。

なにがあったかも、忘れた。

ただ、街灯の明かりもない暗い道を、ひとりで走ったことだけはおぼえている。着物の裾がからまって、何度も転びそうになった。

年を取ることは、忘れていくこと。

その仕合わせに、今は感謝している。


忘れられないことは、梅干しの漬け方、みその仕込み方、お赤飯の炊き方、豆の煮方、お手玉の縫い方。

あとはみんな忘れてしまった。

きっと大事なことだけがわたしの頭に残るのだと思う。

かあさまが縁側でお手玉の縫い方を教えてくれたこと。

冬だった。

庭の池に、すずめが水浴びにきていた。

わたしはかあさまに言われ、川原で、お手玉につめる数珠玉を取った。

もう長いこと、数珠玉を見ない。黒くて、ぴかぴか光って、だれが丸めたのか、まんまるな数珠玉。川原の茂みに、あんなにたくさんあったのに、夕暮れに、みんなで取っても取ってもなくならなかったのに。

いったいどこへ消えてしまったのかしら。

一緒に数珠玉を取ったみんなも、いつの間にかいなくなっていた。


戦争で焼けて、あの庭も、縁側も、なくなった。

わたしは空襲の夜のことをおぼえていない。

年を取って忘れてしまったというより、あんまりこわかったので、はじめから記憶として残らなかったのだと思う。

あの夜、おとなりのおばさまも裏のおじいさまも亡くなられた。

裏のおじいさまは、いつも米英の悪口を言ってらしたから、爆弾を落とされてしまったのだと思った。おとなりのおばさまはいい方だったけれど、息子さんが兵隊さんになられたから、米英に焼かれてしまったのだと思った。

それから、もうひとり。あの子もよく、米英の悪口歌をうたっていた。

だから、わたしは米英の悪口を言うのをやめた。

わたしたちはつてをたよって、とてもへんぴなところへ引越した。駅から出て、丘をのぼっていくと、富士山が見えた。焼けだされるまで東京で暮らしていたから、これほど近くに富士山を見たのははじめてだった。

あたり一面は、畑と森だった。どこも焼かれていなかった。

引越してすぐ、広い畑の持ち主に頭を下げて、麦やお芋をいただいたことはおぼえている。かあさまの紫の小紋が、麦の入ったかますの上でひろげられた。足もとに鶏が遊んでいた。

あのときの農家は、丘のむこう側にある。だから、わたしは丘をのぼらない。電車に乗るときは、丘をぐるりとまわって、駅にむかった。

とうさまが亡くなったときも、かあさまが亡くなったときも、その家のひとたちは来てくれた。でも、かあさまの紫の小紋がたった三合の麦にしかならなかったことは忘れられない。

わたしはそれからずっとうつむいていた。今、わたしが見ていることも、きいていることも、記憶の中に入れたくないと思っていた。

そうやって、なにも見ないでいるうちに、こんなに年を取ってしまった。


生まれた家とは違うけれど、この家は、とうさまとかあさまが残してくれた家。小さいながらも、庭があり、松に黒竹にしだれ梅、沈丁花に青木に姥目樫《うばめがし》が生えている。へんぴなところだと思っているうちに、遠くを新幹線が走りだして、丘のこちら側にも鉄道が通って、駅ができたら、だんだんにぎやかになった。烏ヶ谷という町に暮らしていると思っていたら、いつのまにか、桜が丘という、きれいな名前の町になっていた。丘の上には小学校も建てられた。

うちの前の道が通学路らしく、毎朝同じ時間に、トイレの窓の下を、こどもたちが連れだって通っていく。黒竹越しにひびくこどもたちの声は、いつもにぎやかだ。

帰りはてんでに帰ってくるらしく、郵便局や、駅前のスーパーマーケットへ行った帰りに、こどもたちとすれちがう。

たいていのこどもたちは、わたしのようなよぼよぼのおばあさんなんて、気づきもしないでかけぬけていくけれど、ひとりだけ、いつもわたしにあいさつをしてくれる男の子がいる。

「こんにちは、さようなら。」

彼は、わたしを見ると、すれちがいながら、いつもそう言ってくれる。わたしもあいさつをかえす。

「おかえりなさい。」

色の白い、くりくりした黒い目の男の子。

ほかのこどもたちのように、ぺちゃぺちゃおしゃべりしたりしないし、道路いっぱいにひろがって歩いたり、走りまわったりもしない。

いつも、歩道をひとりでまっすぐに歩いてきて、わたしにあいさつをしながら、わたしをじっと見て、またまっすぐ歩いていく。

もし、あのいいひとが、本当にいいひとで、結婚生活が続いていたとして、わたしがこどもを生んだんだとしたら、あの子がわたしのこどもならいいのに。

そう思って、おかしくなった。

こどものわけがないでしょう、あきこ。こんなにおばあさんなんだから。せいぜい孫か、それどころかひ孫かもしれない。

わたしは自分をわらった。

わたしは、自分で自分をわらうことも、自分で自分に話しかけることも多かった。

とうさまが死んで、かあさまが死んで、それからわたしはずっとひとりで暮らしていたから。

ときどき、自分がこの世に生きているのかどうかわからなくなるときがあった。わたしは自分が生きていると思っているだけで、本当は生きてなんていないんじゃないかしら。

あの子がランドセルをゆらしながらあいさつをしてくれるとき、あの子の目にわたしが映っている間だけは、わたしがこの世に、まちがいなく生きていることを感じられた。

女学生のころは、学徒動員で学校にはほとんど通わず、製菓工場で働いた。

あまいものなんて、もう見ることもなかった時代なのに、工場では、毎日毎日、あめやようかんやキャラメルを作っていた。みんな兵隊さんの口に入るものだから、わたしたちはひとつもいただけなかった。

おかしかったのは、箝口令《かんこうれい》がしかれていたこと。

作っていたのはキャラメルなのに、なにを作ったのか話してはいけなかった。

とうさまもかあさまも、あきこは工場でたいへんなものをつくっているのだと信じていた。

あきこはキャラメルを作っているのよ。

わたしは言いたくてたまらなかったけれど、言えなかった。言ってはいけないの、とわたしが言うと、とうさまは、そうだろう、お役目ごくろうだね、とねぎらってくれた。

きっととうさまは、戦闘機のエンジンか、翼か、爆弾でもつくっているのだと思っていたに違いない。がっかりさせてしまいそうで、わたしがあまいにおいにつつまれて、毎日キャラメルを作っていたことを、結局、とうさまには打ちあけられないままだった。

戦争が終わり、結婚に失敗すると、とうさまの会社の手伝いをした。そろばんは得意だったので、帳簿をつけさせてもらった。

とうさまが会社をたたんでからも、とうさまがほかの会社に頼んでくれたので、別の会社で、同じような仕事を続けることができた。

わたしは朝八時に家を出て、会社に行って、五時に会社を出て帰ってきた。

年金をいただけるようになって、会社を辞めて、それからはずっと家にいる。

黒竹もしだれ梅も成長がおそい。大きくならないまま、そこにいてくれる。わたしひとりが、死におくれているわけじゃないと、思わせてくれる。

年金暮らしはもう二十年以上。

わたしは八十をとうにこしていた。

春になると、毎年こどもたちは同じことをする。

昼下がりに、玄関ベルが鳴らされる。

わたしはもうわかっているから、出ていかない。返事もしない。

春になったのね、新しい一年生がやってきたのね、と思うだけ。

学校帰りの一年生が、帰り道に立つ家のベルを、押して歩くのだった。道沿いの家を一軒一軒。全ての家の玄関ベルを。

何年か前に、小学校の先生が謝りにきてくださった。

「申し訳ありません。下校中の一年生が、押してしまいました。ご迷惑をおかけしました。このようなことがないよう、指導いたしますので。」

まだ学生さんのように若い男の先生が、玄関のたたきで頭を下げた。わたしはきいてみた。だれかと話をするのは、ひさしぶりだった。

「どうして一年生は玄関ベルを押したんでしょうね。」

先生は頭をかいた。

「それがですね、どんな音がするのか、きいてみたかった、なんて言うんですよ。いや、本当に申し訳ありませんでした。」

先生に謝られて、わたしの方が申し訳なかった。わたしがこどものころ、先生のことは先生様と呼ぶことがあった。逆らうことなど、絶対に許されない存在だった。そんな先生様に謝っていただくなんて。

わたしも上がり框で頭を下げた。

あれから、毎年春になると、一年生はベルを押して鳴らす。

ちょうど小学校の桜の花びらが、風にのって、うちの庭に降ってくるころ。

わたしは、こどもがその音をきけるように、ベルが壊れたときはすぐに直すようにした。

一年生の言うことは、もっともだと思ったのだ。昔、押して鳴らすボタンというものはめったになかった。バスを降りるとき、降車ボタンを鳴らすのがとても楽しみだった。大人になってもそうなのだ。

ベルくらい、いくら鳴らしてもいいわ。

昼下がりの玄関ベルの音は、わたしの家に春がやってきたしるし。沈丁花より、梅の花より確実に、春が来たことをわたしに教えてくれる。

丘の上の小学校へ通うこどもたち。

わたしは丘の上にのぼらなかった。庭に落ちた桜の花びらを竹ぼうきで集めながら、校庭に咲く桜の花を思った。

今も、富士山は見えるのかしら。

庭から、白い校舎を見上げるだけだった。


ついこの前、春が来たと思っていたのに、梅の木はまんまるな緑の実をみのらせている。

このところ、わたしの記憶はあいまいだ。

若い男の先生が謝りにきてくださったのは、今年だった？　去年だった？

何年も前のように思っていたけれど、ついこの前の春だったようにも思う。

わたしは梅の実をもぐ。

竹串をつかって、へたを取る。

「傷をつけたら、おしまいよ。」

かあさまが縁側でおっしゃった。

おしまいという言葉がこわくてたまらなかった。竹串を持つ手がふるえた。

あのとき、梅の実に傷をつけたから、わたしは今、ひとりでこうしているのかもしれない。

わたしは片手に梅の実、片手に竹串を持ったまま、泣きだした。

まだ、ざるにはたくさんの梅の実があるのに。

工場ではお菓子を作っていたから、わたしの頭の上に爆弾は落ちてこなかった。

でも、あのとき、梅の実に傷をつけてしまったから、わたしはおしまいになってしまった。

もう、涙も出ない、わたしの目。

どこもかしこも、わたしはからからにかわいてしまった。

昨日も世間では雨が降ったのに。


今日から夏休みらしい。

学校から帰るこどもたちは、いろんなものを提げている。ランドセルからは、いろんなものが突き出している。

手提げからは、トイレットペーパーの芯をつなげたものや、針金をくるくる巻いたもの、木の板に色をつけたものやプラスチックのびんを切ったもの。中には、朝顔の鉢を抱えたこどもまでいる。

ものさしや笛の突き出したランドセルに、ぱんぱんにふくらんだ手提げを両方に提げ、肩からはばってんに水筒と水泳の道具をかけている。

まるで大陸からひきあげてきたひとたちみたい。

わたしの記憶は、八十年を行き来する。

こどもたちの顔は赤く、汗だくだった。

お日さまは容赦なく照りつける。舗装しなおしたばかりの道路は、お日さまの光を熱にかえて、足の下からこどもたちを責めたてる。

同じ道を歩いていても、わたしはもう、汗をかかない。

年を取ると、体が、いろんなことをやめていく。汗はかかないし、涙は出ない。爪も髪も、のびるのがゆっくりになっていく。

前から、なにも突き出してないランドセルをしょって、膨らんだ手提げかばんを持って、いつもの男の子が歩いてきた。彼も顔が赤く、帽子の下の耳のそばを汗が流れていた。

「こんにちは、さようなら。」

男の子がわたしに頭を下げた。

「おかえりなさい。夏休みなの？」

わたしが言うと、男の子は足をとめた。丸くて黒い目がわたしを見る。数珠玉のような目。

「はい、夏休みです。」

「明日から？」

「夏休みは二十三日からです。」

「よかったわね。」

「はい。」

男の子はうなずいて、歩いていった。

男の子と話をしたのははじめてだった。

そして、ひとと話をしたのは、ひさしぶりだった。

仏壇の中のかあさまととうさまではなく、生きているひとで、わたしが最後に話したのは、謝りにこられた小学校の先生だった？

いくらなんでもそれはないと思いたい、わたしの頭の中が、もうあいまい。


いつも行くスーパーマーケットで買い物をすませ、店を出たところで、だれかに肩をたたかれた。

「ちょっと、よろしいですか。」

ふりかえると、スーパーマーケットの店員さんだった。

「お会計が、すんでないようですが。」

いつも提げていく買い物袋には、いつも買う納豆と小ねぎとほうれん草とお豆腐が入っていた。この前買ったから、今日は卵は買わなかった。

わたしは買い物袋を見下ろした後、店員さんの顔を見上げた。今のひとはみんな、背が高い。

「そうでしたか。」

「ええ。」

わたしよりずいぶん若い店員さんはうなずいた。まだ少女のようにあどけない顔をしている。今どきの茶色い髪は、やぼったい緑色の制服には似合わない。

「わたし、お品物のお支払いをしてませんでしたか。」

「ええ。おばあちゃんね、レジを通らずに出てきちゃったんですよ。」

わたしを見下ろしながら、こどもをあやすような口調で話す。

「申し訳ありませんでした。」

わたしは、若い店員さんに頭を下げた。

「ご家族の方はいらっしゃいますか。」

いつの間にか、もうひとり、男性の店員さんが出てきて、丁寧に話しかけてくれた。

「おりません。わたし、ひとりで暮らしているものですから。」

「そうですか。もどって、お支払いいただいてもいいですか。」

「ええ。もちろんです。」

わたしは代金を支払ったつもりでいた。半信半疑でレジにもどり、お財布をたしかめると、出かけるときにお財布に入れてきた千円札が、わたしがたたんだままに入っていて、支払いをしていただいたと思っていたレシートはどこにもなかった。

千円札をひろげて渡し、支払いをすませ、店員さんたちに見送られながら、家に帰った。

こんなことになるくらいなら、キャラメルくらい、かっぱらってくればよかった。

わたしは買ったものを冷蔵庫にしまいながら思った。

弟が疎開先の長野からもどってきた日。

わたしは工場でキャラメルを紙につつんでいた。

この一粒を、弟に持ってかえってやりたかった。

でも、わたしは、今となっては腹立たしいほどにまじめだった。

工場を出るときには、お菓子を持ちだされないよう持ち物検査をされた。でも、検査をされるのは女工さんだけだった。学徒動員で来ていた高等女学校の生徒はされなかった。だから、一粒二粒のキャラメルくらい、いつでも持ってかえれたのだ。

みんなが飢えているときに、工場にはチョコレートもキャラメルもあるのが、そもそも、おかしいのに。

士官用と言われた、特別のようかんもあった。胸に紫のリボンをつけた級長だけが作らされる、秘密のお菓子もあった。

だれが食べるキャラメルなの。だれが食べるチョコレートなの。

前線で戦う兵隊さんのためにと言われて信じていたけれど、戦争も末期になって、キャラメルやチョコレートを前線で受けとった兵隊さんの話なんて、もどってきたひとたちからきいたことがない。

年を取って、代金を払わずにお店のものを持ってかえってしまうようになるくらいなら、あのとき、一粒のキャラメルを持ってかえってやればよかった。

あの夜、弟が死んでしまうとわかっていれば。


あの夜、死んだひとには形見がない。

なにもかも、焼けてしまったから。

雨のように焼夷弾が降ったのははじめだけだった。すぐに炎と煙にうしろから追われて、逃げるだけになった。

あちこちに雪が残っていた。

そんなに寒かったのに、たくさんのひとが焼けて死んだ。

国民学校の卒業式のために帰ってきた弟は、死ぬために帰ってきたようなものだった。たった二晩、うちで過ごしただけで、家と一緒に焼かれてしまった。

たしかに弟は、米英の悪口を言っていたけれど。それも大きな声で、みんなでうたいながら言っていたけれど。

でも、まだこどもなんだから。

集団疎開で長野のお寺に行くとき、わたしとかあさまでお手玉を縫って持たせてやった。小豆を入れたのがひとつ、お米を入れたのがひとつ、お豆を入れたのがふたつ。

みんな、疎開先のお寺で、お友達にとられてしまったと、帰ってきてきいた。

わたしと同じ。体が小さくて、いくじなしの弟だったから。

キャラメルを食べさせてやりたかった。

今、なんでもはいはいときいていた、自分の若さと、あのころのまじめさをのろう。

線路沿いの道に、くずの花が咲いた。

大きな葉っぱの間に咲いた花は、紫にそまって、いくつもいくつもかくれている。

昼下がり、風がとまって、道に花のにおいが満ちる。

工場のまわりをぐるりとかこんだ金網にも、この花が咲いていた。

キャラメルのあまいにおいに、負けていたけれど。

「あきこ、おまえはいいにおいがするね。」

かあさまが、お茶碗を洗っていたわたしのうしろで言った。もうずっと、お茶碗とお箸だけの食事が続いていたので、すぐに洗いおえてしまう。

「くずの花が咲いていたから。」

わたしはもう一度、お茶碗をすすいだ。うすいお芋の雑炊だから、お米粒なんかこびりつきようもないのに。

かあさまはわらっていた。

「ううん、違う。なんだかなつかしいのね。」

かあさまは、察していたのかもしれない。

わたしがその日、爆弾の火薬ではなくて、だれの口にも入らないキャラメルを、紙につつんでいたことを。

そのころ、長野のお寺で、弟は、お手玉につめられた小豆一粒も食べられないでいたのに。友達にお手玉の袋をやぶかれて、中につめられた小豆が、ぴかぴかに磨き上げられたお寺の板の間に、ばらばらと落ちたという。

そのまま食べたってちっともおいしくない小豆を、弟の友達はみんなして拾って食べたという。一粒も残さずに。

がりがりがりがり。歯がたてる音をきいたように思う。どんなに丈夫な歯だったんだろう。

かあさまとわたしで一針ずつ縫った袋は、ぺしゃんこになると、お寺の池に投げこまれたという。

いつか、そのお寺に行ってみたいと思っているうちに、もうこんなに年を取ってしまった。

くずの花は、なんにもかわらないで、咲いているのに。

いつまで黙っていなくてはいけないのか、わからなかった。

なにを黙っていなくてはいけないのかも、わからなかった。

戦争が終わると、あんなに大事にしていた奉安殿を壊し、忠魂碑をひきずり倒して、まっぷたつに割って、地面に穴を掘って、埋めた。忠魂碑があったことも話してはいけないと言われた。だれに？

ついこの間まで、たすきがけで竹槍訓練を指導していたひと。だんなさんが日露戦争の英雄だという話だった。かあさまの竹槍の先がふらふらとゆれると、かあさまをどなりつけていた。

そう。あのひとは焼かれなかった。町内では一番、米英をわるく言っていたのに。鬼畜米英という言葉をわたしに教えたのも、あのひとだった。

焼け跡にもどって、がれきを掘った。逃げおくれて、家とともに焼けた弟の形見をさがして。


いくら掘っても、なにもみつからない。

写真一枚、服のきれはしひとつ、みつからない。

あんなに大切にしていたものも、みんな、壊れてしまうと、それがなんだったかもわからない。焼けてしまうと、形も色もかわってしまう。

いくら掘っても、みつからない。

工場でお菓子を作っていたことも、いつまで黙っていればいいのかわからないでいるうちに、打ちあけたかったとうさまもかあさまも死んでしまった。

みんなで壊して埋めた忠魂碑のありか。

工場で作られていた秘密のお菓子。

特攻隊に食べさせる薬が入っているとうわさされていた。できのよくなかったわたしは、左胸に紫のリボンをつけられることもなく、秘密のお菓子を作ることもなかった。

今、だれかに打ちあけたくても、だれに打ちあければいいのか、わからない。

そもそも、箝口令はしかれていたの？　わたしは口どめされていたの？

わたしはもう、自分の記憶も信じられない。


朝から雨が降って、急に寒くなった。色づいたしだれ梅の葉も、あらかた散ってしまった。もうすぐ冬になることに気づいた。

トイレの窓の下を通るこどもたちの、傘にあたる雨の音がひびく。

こんな雨の日にも学校へ行くのね。

わたしはもう長いこと、雨の日に外へ出ていない。道路に描かれたひし形のマークや止まれの文字、横断歩道の白い線や、スーパーマーケットの入り口の床は、雨にぬれるとよくすべる。それがこわくて、出かけられない。

あいにく今日は、卵とほうれん草を買う日だった。

卵はなしで、納豆だけで食事をすませると、納豆もなくなってしまった。

いよいよ買い物に出かけないといけない。

買い物客の途切れる昼下がり、わたしは意を決して、表へ出た。何年も使っていなかった傘を開く。

わたしの膝のように、さびた骨がぎしぎしと音をたてる。

傘で雨の中に穴をあけながら、一歩一歩、地面を踏みしめるように歩いていく。

代金を払うことを忘れないように気をつけて、買い物をすませる。わたしをおばあちゃんと呼んだ、茶色い髪の若い店員さんが、じっとこちらを見ているのがわかる。

見張られていた。

ざらめをまぶしたようかんを、パラフィン紙につつんでいるときのように。ようかんを四つずつ、パラフィン紙につつむ。主任さんがわたしたちの手もとをみつめていた。ざらめのついた指先を、なめることもできなかった。

店を出ると、雨は強くなっていた。わたしはますますゆっくり歩く。

学校の帰り、友達と、出した足のつまさきに、もういっぽうの足のかかとをくっつけて出し、その足のつまさきに、また足のかかとをくっつけて出して歩いたことがある。ずいぶん時間がかかるので、じきにわらいだして、うちまでそれで帰ったことはない。

今のわたしの歩き方は、きっとそれとかわらない。あのころは、がまんできなくて、かけだしてしまったけれど、今はこれでしか歩けない。膝をぎしぎしきしませながら。

家のある通りまでもどってくると、前から、いつもの男の子が歩いてくるのが見えた。いつもと違って、男の子はうつむいて、ゆっくりと歩いていた。わたしが歩いていくのにも気づかない。

「おかえりなさい。」

ずいぶん近づいてから、わたしのほうから声をかけた。

男の子は、はっと顔を上げて、いつものあいさつをした。

「こんにちは、さようなら。」

それからまたうつむいて、歩きだそうとした。

「なにか探しているの？」

わたしは男の子の視線の先を見ながらきいてみた。男の子は足をとめて、顔を上げ、もう一度わたしを見た。

「かぎ、おとしました。」

「おうちのかぎ?」

「はい。」

「それは困ったわね。一緒に探しましょうか。」

「かぎ、かしてください。」

わたしは男の子の言う意味がわからず、彼の顔をみつめた。男の子はもう一度くりかえした。

「かぎ、かしてください。」

「かぎってわたしの家のかぎ? なににつかうの?」

「うち、入れません。かぎ、かしてください。かぎ、あけます。」

わたしは男の子の顔をみつめた。男の子もわたしを見上げた。雨ごしの顔は、わたしをからかっているわけではなさそうだった。

そうよね。わたしより小さいこどもなんだから。

「ごめんなさいね。わたしの家のかぎでは、あなたのおうちのかぎはあかないのよ。」

「はい。」

「おうちのひとはるすなの?」

「はい。」

「何時に帰ってくるの？」

「おかあさんは五時に帰ります。」

「そう。それなら、それまで、わたしの家にいらっしゃい。」

「はい。」

男の子はわたしの後からついてきた。

「おじゃまします。」

うちの玄関に入るとき、そう言うと、上がり框に腰かけて、靴のひもを解きはじめた。

わたしはそれをぼんやり見ていた。

この家によそのひとが入るのは、何年ぶりだろう。もしかしたら、かあさまの法事以来かもしれない。

やっと靴をぬぎおわった男の子を客間に案内し、いそいそと座布団を出し、やかんにお湯をわかした。


男の子は、ランドセルを脇に置いて、ちょこんと座布団の上にすわっていた。

「寒かったでしょう。どうぞ、めしあがれ。」

わたしはめずらしく、卵と納豆とほうれん草のほかに、ようかんを買っていた。ようかん。ざらめもまぶされていない、パラフィン紙にもつつまれていない、ようかん。自分が食べるときよりも、うんと厚く切って出す。お茶は薄く淹れて、しかも水をまぜてぬるくした。まだ小学生なんだから。

「いただきます。」

男の子はそう言って、手を合わせてからお茶を飲んだ。それからようかんの皿をみつめた。

「これはなんですか?」

「ようかんよ。」

「ようかんよ?」

「ううん、ようかん。今の子は知らないのかしら。おいしいのよ。」

「黒い。」

「そうよ。小豆の色なの。あまくて、おいしいのよ。」

男の子は黒文字をさして、ようかんを持ちあげ、はしっこをちょっぴりかじった。

「あまい。」

「おいしいでしょう。まだあるから、たくさんめしあがれ。」

国民学校を卒業する前に死んだ弟と同じくらいの大きさに思えるけれど、きっとまだ小さいのだろう。今のひとは大きいから。戦争が終わって、本当にみんな、大きくなった。町へ出ると、わたしのようなおばあさんは、ひとの森の中に埋もれてしまう。

「何年生?」

「桜が丘小学校四年二組、櫻井弘也です。」

「ひろやくん。四年生ね。大きいのね。」

「前から十七番目です。」

「クラスは何人いるの?」

「三十九人です。」

「少ないのね。わたしがこどものころは、一クラス五十人いたのよ。」

「五十人。」

「多いでしょう。それに、妹とか弟を連れてくる子もいたの。赤ちゃんが泣いたりして、大騒ぎだったわ。」

わたしも弟を連れて学校へ行ったことがあった。もう四つだった弟は、教室の前の長い廊下をめずらしがって、はしからはしまで、何度も走った。よく先生は怒らなかったものだ。

時計を見上げると、四時半だった。

わたしの家に、男の子のすきそうなものはない。

ようかんをふたつ、お茶を三杯飲んだひろやくんに、わたしは、かあさまと縫ったお手玉を持ってきてやった。

「お手玉、できません。」

「あら、お手玉、知ってるのね。かんたんよ。見ていてね。」

わたしはこどものころのように、三つのお手玉を右手でつかんで、そのふたつを宙に投げあげた。

そのとたん、わたしが受けとめる間もなく、ふたつのお手玉は床に落ちた。残りひとつのお手玉を投げあげる、ずいぶん前に。

もう一度やってみても同じだった。わたしの目も、手も、お手玉の動きについていけなかった。

わたしは自分が年を取ったことを知った。

かあさまの銘仙をほどいてつくったもんぺが、もういらない時代になってから、そのきれで、かあさまと一緒に縫ったお手玉。笹の柄はそのままでも、地の茜色があせるほどに、昔。

お手玉には、ひとつずつにお米と小豆とお豆と数珠玉を入れて、いつもは仏壇に供えてある。

写真一枚も、生きた証を残さなかった、弟の形見に。

あれから一度もお手玉をしないままに、いつの間にか、お手玉もできないくらいに、年を取ってしまった。


ひろやくんにもお手玉は難しかったらしく、ふたつを投げることもできなかった。

「なに、入ってますか。」

ひろやくんは、その感触が気に入ったらしい。投げるのをあきらめてからも、手の中でお手玉をもてあそんでいた。

「数珠玉よ。小豆や、お米を入れることもあるの。こっちは小豆。」

「あずき。」

「さっき食べたでしょう。ようかん。あれは、これで作るの。」

「ようかん。あずき。」

「こっちはお米。」

「お米、いい。」

ひろやくんはそう言うと、お米のお手玉も小豆のお手玉もテーブルの上に下ろし、数珠玉のお手玉だけを持ちあげた。

「じゅだま。」

「数珠玉ね。こっちがいいのね。」

「じゅだま。」

「言いにくいのね。」

弟も、いろんなことを言いまちがえた。潜水艦はすいせんかん。東郷平八郎はごうとうへいはちろう。

わたしはわらっていた。気がつくと、何度もわらっていた。


あっという間に五時になった。

わたしはひろやくんに電話番号をきいて、家に電話した。

ひろやくんのおかあさんは、何度も何度も謝ってから、すぐに行きますと言って電話を切った。

すぐに来なくてもいいんですけど。

わたしの言いたかったことは、言えなかった。今のひとたちは早口すぎて、わたしはいつも、言いたいことを言えない。スーパーマーケットの店員さんにも、おばあちゃんと呼ばないでくださいと、本当は言いたかった。

「おかあさんね、すぐに迎えにくるって。」

「はい。」

お手玉をテーブルの上に置いて、ひろやくんは立ちあがった。

「このお手玉ね、あげる。」

わたしは数珠玉をつめた、笹の葉模様のお手玉をふたつ、ひろやくんの手の中におしこんだ。

「うちにはこどもがいないから、もらってくれると、うれしいのよ。」

わたしは言った。こんなことを言っても、小学生にはわからないだろうとも思いながら。

お手玉をおしこんだ手は、わたしの手よりも大きかった。

きっと、大きくなるのね。わたしよりずっと、大きくなるのね。

そのときベルが鳴った。


「櫻井です。」

玄関の扉を開けるなり、ひろやくんのおかあさんは頭を下げて、まくしたてた。

「本当にお世話をおかけしました。申し訳ありませんでした。ご迷惑をおかけして、本当に申し訳ありませんでした。」

その髪が茶色い。白いブラウスを着ているけれど、まちがいなく、わたしをおばあちゃんと呼んだ、スーパーマーケットの店員さんだった。

「あなた、スーパーの」

わたしは、とめどない謝罪の言葉の間に、やっと口をはさんだ。櫻井さんははっと顔を上げ、はじめてわたしを見た。

「そうよね。店員さんでしょう。」

櫻井さんはより深く頭を下げた。あのときは、わたしを見下ろしていたのに。あのときは、こどもを相手にするように、わたしに話しかけてきたのに。

「申し訳ありません。本当にご迷惑をおかけしてしまって、本当に申し訳ありませんでした。」

「いいえ。遊びにきてもらったようで、楽しかったんですよ。」

「そんな。そうおっしゃってくださるとほっとしますが、本当にご迷惑をおかけしました。おわかりになったと思いますが、この子は障碍《しょうがい》をかかえてますので、さぞかしご迷惑をおかけしたと思います。大丈夫でしたか。」

わたしは櫻井さんの言葉におどろいた。

「障害？　障害なんて」

「かぎも落としたわけではなくて、学校に忘れていたんです。先生が心配して後を追いかけてきてくださったそうなんですが、みつからなくて、連絡をいただいて。仕事だったんですけど、早退けさせてもらって。本当に、本当に、ご迷惑をおかけしてしまいました。」

「おかあさん、ごめんなさい。」

ひろやくんはわたしのうしろから、顔を出して言った。

「障害って、なにかのまちがいじゃないかしら。」

わたしは、わたしにしては精一杯の早口で言った。櫻井さんの謝罪の言葉を間にさしこまれないように。

「学校の帰りに、わたしに、こんにちは、さようならってあいさつしてくれるんですよ。こんなおばあさんに。わたし、こんなにいい子はいないと思いますよ。わたし、なんていいお子さんだろうと、ずっと、おかあさまをうらやましく思っていましたよ。わたし、こどもがありませんから、本当に、うらやましいと思いますよ。」

「そんな、そんなこと」

櫻井さんはたたきに立ったまま、両手で顔をおおって、泣きだした。

「そんなこと言われたの、はじめてです。」

わたしはおどろいて、どうしていいかわからなかった。

こんなにおどろいたことが今までにあっただろうか。戦争がはじまったと、学校帰りにきいたときよりも、戦争が終わったと、神社の境内できかされたときよりも、どうしていいかわからなかった。

あのときは、まわりにたくさんのひとがいた。友達もいたし、近所のひともいた。走って家に帰れば、とうさまもかあさまもいた。

みんなどこへ行ってしまったんだろう。

どうしていいかわからないときは、みんなわたしに教えてくれたのに。

あきこって、呼んでくれたのに。

みんなどこへ行ってしまったんだろう。

わたしはひとりぼっちになってしまった。


櫻井さんは涙を手の甲でぬぐいながら、続けた。

「この子、ひとの気持がわからないから、友達もできなくて。まともな会話ができないから、あたりまえなんですけど。いくら言ってもわかってくれなくて。何度言っても同じことをするし。いくらたたいたってわかってくれなくて。障碍がわかってから、父親は出ていって、わたしが働かなくちゃいけないのに、この子がいたら、働くこともできなくて。わたしもう、一緒に死んじゃおうかって思ったこともあるんです。」

「それはいけません。」

言いながら、ひろやくんをふりかえった。こんな話をきいて、傷ついてしまうのではないかしら。

ひろやくんはうちに来たときと同じ顔で、泣きじゃくるおかあさんをみつめていた。そういえば、この子は顔に表情がなかった。もとからなかった。あいさつもいつも同じ。表情もかわらなかった。黒くて丸い目で、わたしをじっと見ていた。これが障害ということなんだろうか。

わたしにはちっともわからなかった。

「いけないってわかってるんです。この子のせいじゃなくて、障碍のせいだってわかってるんです。でも、殺しちゃうくらいたたいたこともありました。トイレに閉じこめて、何日もごはんを食べさせなかったこともありました。一緒に飛びおりて死んじゃおうと、病院の屋上で抱きかかえたこともありました。父親さえ捨てていったのに。本当に、いい子だなんて、言われたことなくて。」

櫻井さんは、自分がひとりぼっちだと思っていた。でも、本当は、ひとりぼっちじゃないのよ。

「ごめんなさい、泣いたりして。」

謝りながらも、その大きな目からは涙があふれている。

「どういたしまして。」

流す涙があるうちに、いっぱい泣いておきなさい。そのうち、涙も出なくなるほどに、からからにかわいてしまうんだから。

あなたには、ひろやくんがいる。わたしには、だれもいない。

わたしの名前を呼んでくれるひともいない。

わたしは、ひとりぼっちになってしまった。

それを、今さら知った。

ここであなたに泣かれて、はじめて知った。


本当は、知っていた。

見ないようにしていただけ。

知らないふりをしていただけ。

工場での作業中に、空襲警報が出ると、学徒動員で来ている高等女学校の生徒から防空壕に入れてもらえる。高等小学校しか出ていない女工さんたちはあとまわし。

あの日もそうだった。

たいした空襲ではなかった。敵機は三機だったという。

わたしたちが防空壕に入った後に、工場が機銃掃射された。屋根が壊れた。そして、防空壕に入るのが遅れた、女工さんが撃たれた。

お菓子を作っていただけなのに。

撃たれた撃たれた、女工さんが、と、声はきこえていた。その日の作業は中止され、家に帰された。

わたしたちが先に防空壕に入ったから、女工さんは撃たれた。

わたしたちはきかなかった。女工さんがどうなったか。けがですんだのか、死んでしまったのか。

だれも言わなかった。わたしたちもきかなかった。

それから空襲警報が出るたびに、わたしたちが女工さんたちより先に防空壕に入った。

あたりまえのように。

女工さんたちは、敵機の音がきこえてくるころに、やっと、防空壕に入ってきた。

生きのびたかった。

ひとりぼっちになっても、生きのびたかった。

だれも、女工さんのことを口にしなかった。うしろめたさから、みんな、目をふせていた。

知らないふりをしていた。

生きのびるために。

知らないふりをして、生きのびて、わたしは、ひとりぼっちになっていた。


「おかあさん、お手玉。」

こんなときなのに、ひろやくんが、おかあさんの顔の前に、お手玉をのせた手をひろげてつきだした。

もしかしたら、この子なりに、泣きじゃくるおかあさんをなぐさめようとしているのかもしれない。人形のようにかわいらしい顔には表情がなくて、それはだれにもわからない。

「まあ、きれい。」

そして、櫻井さんははじめて、顔をほころばせた。

「とてもきれいですね。手作りですか。」

わたしはうれしくなった。

かあさま。かあさまと一緒に縫ったお手玉を、このひとがほめてくださったのよ。

「ほめていただいて、うれしいわ。よかったらどうぞお持ちになって。」

「いいんですか。」

「いいのよ。」

「ありがとうございます。ほら、なんていうの。」

「ありがとうございます。おかあさん、お手玉。」

櫻井さんは目尻に残る涙を手の甲でぬぐい、ひろやくんの手からお手玉を受けとり、たたきの上に立ったまま、ふたつのお手玉を宙に投げあげては受けとめた。

「櫻井さん、お上手。」

櫻井さんのすべすべとした白い手が、茜色の玉を受けとめるたび、投げあげるたびに、中の数珠玉がきしみあって、ざくりざくりと音をたてる。

「おかあさん、よくできました。」

ひろやくんが真顔で言ったので、わたしも櫻井さんも吹きだした。

「ほめられたのは、ひさしぶりです。」

櫻井さんの頬は赤く上気していた。

「こどものころを思い出しました。」

今でも、こどものようですよ。わたしから見れば。まぶしいほどに若くて、かわいらしいおかあさん。ひろやくんにそっくりで、ふたりを見ているだけで、わらいだしそうになる。

「おかあさん、これ、じゅだま入ってる。」

「じゅだま？」

「数珠玉ね。これが気に入ったみたいなの。おうちに帰ったら、どうぞ開けて見せてあげて。」

「中が見たいの？」

櫻井さんがたずねると、ひろやくんはうなずいた。

「見えないと、不安なんです、この子。ほら、靴をぬぐとき、ひもをみんな解いちゃってるでしょう。」

たたきに並べたひろやくんの靴は、ひもがみんな解いてあった。

「服を着て肌が見えなくなると、自分の体がなくなると思ってしまうみたいで。小さいころは靴や靴下を穿かせるのがたいへんでした。今も長ズボンは穿いてくれません。手袋もだめですね。」

「じゃあ、ぜひ、中を見せてあげて。」

「でも、わたし、もとにもどせないかもしれない。」

「じゃあ、ひろやくんに持ってこさせてちょうだい。わたしが縫いなおすから。」

「でも、ご迷惑じゃ。」

「ご迷惑じゃないわ。いつでも来てちょうだい。わたしも、お手玉をほめてもらえて、うれしかったの。」

わたしと櫻井さんはほほえみあった。こうして、だれかと目と目を合わせてわらいあえることが、わたしの残りの人生の中に、まだあったなんて。

「ごめんなさい。あの、わたし、お店で、おばあちゃんなんて、呼んだりして。こんなにしっかりされているのに、わたし、失礼なことをしてしまいました。」

櫻井さんはまた深く頭を下げた。

「いいのよ。本当にもう、おばあちゃんなんですから。」

「いいえ、わたし、わたし、迷惑だなって、思ってたんです。」

「そうね。ぼけてるって、思ったんでしょう。」

わたしはわらってみせた。自分でも、そうかもしれないと思うことがあるくらいなのだから。

「本当にごめんなさい。こんなにお世話になるなんて、思ってもいなくて。」

やっと櫻井さんが頭を上げた。

「今まで、何回も引越しました。ここも、どうせ長くは住めないって思ってました。わたし、この町に引越してきてよかったって、今、思ってます。」

「いいえ、あなたたちが引越してきてくれて仕合わせなのは、わたしのほうよ。」

櫻井さんはひろやくんを見下ろして、ふっとわらった。櫻井さんの足もとで、ひろやくんは靴のひもを結びはじめていた。

「この子、しあわせの意味もわからなくて。抽象的な言葉はわからないんです。そんなこともわからないんです。」

「でもたしかに、仕合わせって、むずかしい言葉ね。」

わたしはうなずいた。

仕合わせ。

空襲で、弟は亡くしたけれど、とうさまとかあさまは死ななかった、仕合わせ。

防空壕に入れたから、生きのびることができた、仕合わせ。

生きのびた仕合わせ。

ひとりぼっちでも、生きのびたことは仕合わせだったのだろうか。

「ね、ひろや。しあわせってなんだっけ。しあわせは?」

ひもを結びおわったひろやくんは顔を上げ、一息に言った。

「しあわせは、晩ごはんを食べておふろに入ってふとんに入っておかあさんにおやすみを言ってもらうときの気持です。」

わたしと櫻井さんは顔を見合わせてわらった。

たしかに、それほど仕合わせなことがあるだろうか。

たたかれたって、おとうさんに捨てられたって、おかあさんに殺されそうになったって、この子は仕合わせの意味をよくわかっている。

「わたし、また来ます。」

櫻井さんが言った。

「ええ、ぜひ。」

わたしはうなずいた。

「そのときは、もしよかったら、わたしのこと、あきこって呼んでいただけますか。」

わたしの申し出に、櫻井さんはまだ赤い丸い目を、もっと丸くしたけれど、すぐにうなずいてくれた。

「わかりました。あきこさんですね。そう呼びます。ひろや、わかった？　あきこさんよ、あきこさん。」

「あきこさん。」

ひろやくんがわたしを見上げて、わたしの名前を呼んでくれた。

「ありがとうございました。」

もう一度頭を下げてから、ひろやくんと櫻井さんは、冷たい雨の中に出ていった。

仕合わせ。

もう永遠にとりもどせない、わたしの仕合わせ。

あきこ、と名前を呼んでくれたかあさまも、とうさまも、死んでしまった。ねえさんと呼んでくれた弟は、もう顔も思いだせない。

きっとわたしは、なにもかも忘れてしまう。

でも、雨の日に、別の仕合わせがやってくることもあることを、こんなに年を取ってから、知った。

だから、わたしが忘れてしまっても、大丈夫。

また玄関ベルを鳴らして、仕合わせがやってくる。

春が来るみたいに。

うばすて山

「わるいんだけど、おかあさんを預かってくれない？」

みわが言った。

「三日間だけでいいから。お願いだから、預かってくれない？」

電話のむこうで、みわが頭を下げているのがわかる。携帯電話を持たずにすむなら、手だって合わせかねない。

みわはいつもこうだ。みわはわたしの妹だから、おかあさんは、わたしのおかあさんでもあるというのに。

わたしは黙りこむ。

夫は海外赴任でおらず、育ち盛りのこどもがふたりいるのに、おかあさんの世話をひとりでしてきた、みわ。

認知症のすすんだおかあさんを在宅介護するのはもう限界で、やっと預け先が決まって、施設に入れることになった。その準備をする間だけ、預かってほしいという。親子なんだから、当然のこと。むしろ、姉であるわたしがやるべきこと。

母親の世話をなにひとつしないわたしに、みわは文句ひとつ言わない。みわが、おかあさんの世話をわたしに頼んできたことは、これまで一度もない。よほどにせっぱつまっているのだろう。

それでも、わたしはうなずけない。

入稿前の騒々しい編集部。今日は、この中のだれひとり、家には帰れない。

アラフォー世代へむけた新しい雑誌は、四月に創刊されてやっと半年。最初は付録のめずらしさにひかれて売れた雑誌も、話題性が薄れるにつれ、売り上げが落ちてくる。競合する雑誌も乱立し、生き残れるかどうかは、今が正念場だ。

編集長として机にむかうわたしの、この電話が終わるのを待っている部下たち。わたしは、早く電話を切らなくてはいけない。

「ね、かよちゃん、お願い。最後のお願いだから。おかあさんが施設に入ったら、もうかよちゃんに迷惑かけることないから。」

電話のむこうで、みわが頭を下げている。

わたしは目を落とす。机の上には、電話が終わるのを待ちかねて、清美ちゃんが置いていった、入稿前のグラビア写真があった。四十代の女優が白いドレスをまとって、ほほえんでいる。女優の身につけた服も、靴も、バッグも、唇を染める口紅すら、みわは手にしたことがないだろう。目にしたことだってないかもしれない。

みわだって、りっぱなアラフォー世代なのに。

一方のわたしは、四十過ぎて、結婚も出産もしていない、都内のマンション暮らしの気ままなシングル。仕事は忙しいとはいえ、入稿後はしばらく、融通がきく。

会議室からもどってきた清美ちゃんは、とうとうわたしのうしろに立った。

わたしが、いいよと言って、電話を切ればいいだけなのに。

「かよちゃん、お願い。もうね、どうせ、おかあさん、かよちゃんのこと、わからないから。おかあさんは、もう、なにもかも、忘れちゃってるから。」

わたしはおぼえている。

鼓動が速くなった。あまりに心臓が大きく打つので、息ができなくなる。左手で口をおさえ、うつむく。

わたしは、なにもかも、おぼえているのに。

清美ちゃんがおどろいて、でも、電話中であることを気遣って、わたしの耳もとでささやく。

「編集長、大丈夫ですか。」

その声が遠くきこえる。あたりが暗くなる。夜だもの。いいえ、違う。夜でも、出版社は明るいもの。まして入稿前なら。

わたしは指の間から、息を吸いこんだ。あのときのように、まぶしいくらいに明るくなる。

あのとき、助けてくれた、みわ。

ありがとう、みわ。わたし、みわのためにだけ、がまんするよ。

わたしはもう一度、大きく息を吸ってから、吐く勢いで、うなずいた。

「いいよ。来週なら、休み取れるから。」

「いいの？　かよちゃん。ありがとう。ほんとにありがとう。」

みわは電話のむこうで、何度も頭を下げた。声が遠くなったり近くなったりするから、すぐにわかる。

わたしのほうこそ、ありがとう。みわがいなかったら、わたしは今、生きてなかった。

決して口にすることはない言葉を、胸の中でつぶやく。

電話を切ったとたん、清美ちゃんがうしろから、グラビア写真を指さして、言った。

「編集長、これでいいですよね。」

「いいよ。すごくいいよ。これでお願い。」

清美ちゃんはにっこりして、写真を手にすると、会議室にかけていった。ついで、できあがったレイアウトを持ってくる藤堂くん。特集は、冬のプチ旅行で女子力アップ。

対象世代の妹は手にすることもないだろう雑誌。

その妹のために、わたしは、おかあさんを預かることにした。


おかあさんはいつも怒っていた。

思い出すのは、怒っている顔と、どなっている声。

いくら目を閉じても、わらっている顔はうかんでこない。

わらってほしい。

そんなことを強く願ったときがあった。

幼稚園のころ、友達のみちこちゃんの家に遊びにいった。みちこちゃんが縁側から、庭で洗濯物を取りこんでいたおかあさんを呼んだ。

「おかあさあん。」

「はあい。」

みちこちゃんのおかあさんは白いバスタオルを手に持ったまま、ふりかえって、にっこりわらった。

「なあに、みっちゃん。」

「おちゃちょうだい。」

「はいはい。ちょっと待ってね。」

わたしは、縁側に立つみちこちゃんのうしろから、そのやりとりをみつめていた。

みちこちゃんのおかあさんは、おかあさんと呼んだら、わらってふりかえってくれるんだ。

うらやましくてたまらなかった。家に帰ると、おかあさんは、台所で大根を切っていた。

わたしは、そっとうしろに近づいて、声をかけてみた。

「おかあさん。」

おかあさんは返事もせずに、勢いよくふりかえった。わたしは思わず後ずさった。

「なによ。」

おかあさんの顔は怒っていた。右手には包丁を握ったままだった。その表情におびえて口ごもると、どなられた。

「用もないのに、呼ばないでちょうだいっ。こっちは忙しいんだからっ」

わたしはこくこくとうなずいた。

「勉強したのっ。そこでうろうろしないでっ」

わたしは走って逃げだした。

はあいって、言ってほしかっただけなのに。ふりかえって、わらってほしかっただけなのに。

薄く切られた大根が、おかあさんの手の下で、冷たく光っていた。これからおみそ汁に入れられて、油揚げと一緒に煮られる大根。

わたしは、なにがいけなかったんだろうと考えた。

みちこちゃんのおかあさんはわらっていたのに、わたしのおかあさんは怒っていた。同じおかあさんなんだから、こんなに違うはずはない。

そうだ、みちこちゃんのおかあさんは、庭でタオルを取りこんでいて、おかあさんは、台所で大根を切っていた。違うことをしていたから、反応が違ったんだ。

そう考えたわたしは、おかあさんが洗濯物を取りこんでいるときに、もう一度呼んでみた。

結果は同じだった。おかあさんはふりかえるなり、うるさいとどなった。

わたしはまた考えた。みちこちゃんのおかあさんが手に持っていたのは、白いバスタオルで、おかあさんが持っていたのは、水色のTシャツだった。今度こそ、白いバスタオルを持っているときに呼ばないと。

あのころ、そんなことを懸命に考えていた自分がいじらしい。

おかあさんはおかあさんであって、みちこちゃんのおかあさんとは違うことに、わたしは気づかなかった。同じおかあさんというものなんだから、同じことをしてくれるんじゃないかと期待していた。

それから何度も何度も期待を裏切られて、今は知っている。

おかあさんはおかあさんだということを。

理想のおかあさんは理想のおかあさんであって、わたしのおかあさんとは全然違うということを。

おかあさんというから期待してしまう。おかあさんだけど、おかあさんではなく、中田文子という人間だと思ったほうがいいということを。

おかあさんは、みわに連れられて、わたしのマンションにやってきた。とりあえず、ふたりをソファにすわらせ、みわが持ってきてくれたプリンと紅茶を出した。

「あさってのお昼すぎに、迎えにくるから。」

みわがすまなそうに言った。

「それまで、お願いします。」

みわが頭を下げる横で、おかあさんはソファに埋もれるようにすわったまま、うちの中を、きょろきょろ見回していた。

おかあさんに会うのは八年ぶりだった。おとうさんの三回忌がすんで以来。七回忌は仕事にかこつけていかなかった。おかあさんはなにも言ってこなかった。思えば、あのころから、おかあさんはぼけはじめていたのかもしれない。

おかあさんは小さくなって、ひからびていた。一回りも二回りも小さくなっていた。短く切られた髪は真っ白になって、顔中しわだらけになっていた。

「みわちゃん、ここどこ?」

おかあさんが天井を見上げて言った。言いおわったあとも、口が閉じない。

「かよちゃんの家よ。言ったでしょ。おかあさんの娘の、かよちゃんの家よ。」

ぽっかり開いた口のある顔にむかって、みわが優しく話しかける。

「おかあさん? かよちゃん?」

おかあさんはみわを見たが、みわの言うことはわからないようだった。みわが肩をすくめ、わたしにむかってつぶやいた。

「もうね、わからないのよ。なにもかも。」

みわはおかあさんの肩をとんとんとたたきながら、話しかけた。

「ふうちゃん。ここはね、ふうちゃんのお友達の、かよちゃんの家よ。ふうちゃんは三日間だけ、ここにお泊まりにきたの。三日たったら、迎えにくるから、それまで、ここにいてね。」

　おかあさんはうなずいた。

「かよちゃんよ。」

　みわはわたしを指さした。

「かよちゃん。」

　おかあさんは、うちに来て、はじめてわたしを見た。

「お友達よ。なかよくしてね。」

　みわはそうおかあさんに言ったあと、わたしにむかって、いくらか声を落とした。

「かよちゃん、ふうちゃんって呼んであげて。おかあさん、もう、こどもになっちゃってるの。」

　おかあさんはわたしをみつめていた。しわしわのまぶたに半分かくれた目には、波ひとつ立っていない。

「ふ」

　わたしは息がつまりそうになった。

「ふうちゃん。」

それでも、なんとか言えた。

「はい。どうぞよろしくお願いします。」

おかあさんは、わたしにむかって、深々と頭を下げた。


おかあさんは、わたしを、かよと呼んだ。

五つ違いのみわのことはみわちゃんと呼んだのに、わたしをかよちゃんとは呼んでくれなかった。

幼稚園に上がると、おかあさんはわたしに、字を教えた。

鏡文字を書くと
「かよっ」

とどなられて、右手をぴしゃっとたたかれた。

お風呂に入ると、数を数えさせられた。なぜか決まって七を抜かしてしまうわたしは
「かよっ」

とどなられて、お湯の中に頭をつっこまれた。まちがえるたびにつっこまれるから、こわくて、六から先が言えなくなった。

数字には色がある。七は黄緑色だと、大学のときの友達が言ってたけど、わたしにとって、七は黒。お湯につっこまれて、もがくうちに、あたりが真っ暗になる、黒。八も、九も、黒。十と言えたときはほっとした。だから、十は幸せのうすピンク色。

わたしにとって、この記憶がある限り、七がラッキーセブンになることはない。

自分の名前もきらいだった。おかあさんに名前を呼ばれるときは、どなられるときと決まっていた。

名前を呼ばれると、びくびくした。今度はなんといって叱られるんだろうと身構えた。

みわがしゃべれるようになって
「かよちゃん。」

と呼んでくれた日のことは忘れない。ほとんど、あよちゃんとしかきこえなかったけれど。

おかあさんに似て、色が白くて、切れ長の目のみわ。小さいときは、髪が茶色くてふわふわしていて、かわいかった。わたしはおとうさんに似て、色が黒くて、目がぎょろりとしていた。

みわがうらやましかった。わたしだって、おかあさんに、かよちゃんと呼んでもらいたかった。

みわがかわいくて、優しいから、みわをねたむこともできなかった。わたしはかわいくないから、かよちゃんと呼んでもらえないんだと、自分を責めるしかなかった。

1LDKのマンションのリビングに、貸しふとんを敷いて、おかあさんの部屋とした。ふとんの横のソファに埋もれながら、おかあさんはプリンを食べはじめた。みわはティーカップを持ちあげることもなく、その間に帰ろうと立ちあがった。

玄関にむかいながら、みわは早口で言った。

「おかあさんね、おかあさんって呼ぶと、混乱するから、ふうちゃんって呼んであげて。それから、おかあちゃんに会いたいとか、日高に帰りたいとか言ったら、明日行こうねって言ってね。ごはん食べさせてもすぐにごはん食べたいって言うから、そのときは、今から作るから待っててねって言ってね。すぐに忘れて、何回も言うけど、何回も答えてあげてね。それで納得するから。」

「ひだかって」

わたしはうなずきもせず、ただ、ききなれない言葉をくりかえした。

「日高。おかあさんが生まれたところ。」

「埼玉の?」

「そう。おかあさんね、そのころにもどっちゃってるみたい。しゃべり方まで違うの。あれ、日高の言葉なんじゃないかな。」

うつむいて靴を履くみわの頭には、白髪が目立っていた。まだ三十五歳になったばかりなのに。一日に何回もごはんをせがむ母親と一緒では、染めるような余裕もないんだろう。パンプスのかかとはすりへっていた。もうずいぶん磨いてもいないらしく、化粧気のないみわの顔同様、白く粉をふいて、乾いていた。

でも、言わずにはいられなかった。

「ずるいよ、おかあさん。あんなになっちゃうなんて。」

みわの背中に言ったとたん、涙があふれた。

「なにもかも忘れちゃうなんて。わたしのことも忘れちゃうなんて。」

みわがわたしを見上げる。

「わたしのこと、あんなに虐待したくせに。」

「かよちゃん。」

みわも目に涙をうかべた。

「ごめんね。つらいと思うけど、あさってまでだけ、お願い。」

「おかあちゃあん。」

リビングから、おかあさんの声がした。恥じらいもなく、大きな声でさけぶ。

みわは手を合わせた。

「ほんとにごめんね。なにかあったら、電話してね。」

みわは玄関の扉を開けて、出ていった。外廊下を走っていく足音が遠ざかる。横浜の家まではニ時間近くかかる。家では、まだ小学生のこどもたちが、みわを待っている。

わたしは涙をぬぐった。

「はあい。」

あそこにいるのは、ふうちゃん。わたしを虐待した、おかあさんじゃない。

わたしはリビングの扉を開いた。


おかあさんは、わたしを生む前まで小学校の教師をしていた。ちょうどわたしを妊娠したころ、おとうさんが会社から単身赴任を命じられ、教師をやめて、専業主婦になった。

おかあさんはいつも、わたしを別のこどもとくらべていた。

わたしが絵を描くときは、絵のうまかった吉見さん。作文を書くときは松田さん。お習字のときは岡本さん。算数でも、国語でも、だれか別のこどもの名前を出しては、それにくらべてわたしはだめだと責めたてた。

そのこどもたちは、おかあさんのかつての教え子だった。おかあさんはいつも、自分の受けもったこどもたちの中で、一番よくできたこどもと、娘のわたしをくらべていた。

だから、わたしはおかあさんにとって、なにをやっても、出来のわるいこどもだった。

はじめて作文の宿題が出た日、わたしは先生からもらった、真っ白な原稿用紙を、なんとか文字で埋めてから、おかあさんに読んでもらった。そのころ、おかあさんはわたしの宿題全てを提出前にたしかめていた。

おかあさんは作文を読みおわると
「消しなさい。」

と言った。わたしは耳を疑った。信じられない思いに、動けないでいると
「全部消しなさい。」

と言って、消しゴムをわたしの右手の中におしこんできた。

「やだーっ」

わたしはわめいて、泣いた。

「あんたの作文は全然だめだから、教えてあげるって言ってるんでしょっ。いいから消しなさいっ」

おかあさんはうしろからわたしの頭をなぐった。わたしが机に額をぶつけてしまうくらいに、強く。

わたしは泣きながら、今書いたばかりの作文を消した。手をとめると頭をたたかれるから、消しつづけた。

文字が全て消えると、おかあさんが言った。

「おかあさんの言う通りに書きなさい。」

わたしはうなずかなかった。おかあさんはかまわず、しゃべった。

「えんそくで、てん、はなみずきこうえんにいきました、まる。」

わたしはしかたなく、おかあさんの言う通りに原稿用紙の枡を埋めはじめた。

「いちばんさいしょに、てん、ようこちゃんと、てん、ブランコにのりました、まる。わたしは、てん、ちからいっぱい、てん、ブランコをこぎました、まる。」

わたしは、読点をうちたくなかった。わたしはのあとは読点をうたずに、文章を続けたかった。わたしが読点をうたずに書くと、おかあさんがうしろからどなった。

「わたしは、てんっ、てんは?」

「わたし、ここに点うちたくない。」

わたしが言ったとたん、おかあさんはわたしの頭をなぐってどなった。

「そこに点をうつのーっ」

おかあさんのさけび声と、わたしの額が机にぶつかった音が重なって、頭の中がいっぱいになった。

「わたしは、てんっ、てんっ」

わたしは読点をうつしかなかった。いやいやうった読点の上に、涙がぽつんと落ちた。


「おかあちゃあん。」

おかあさんがまた大声を出した。おかあさんがおかあちゃんと呼ぶということは、埼玉に住んでいたという祖母のことだろうか。早くに亡くなったという祖母にも祖父にも、わたしは会ったことがない。

「はあい。」

わたしは祖母のふりをすることにした。みわの話では、おかあさんの言う通りにしてあげたほうがいいらしい。

わたしは、おかあさんのおかあさんのつもりになって、ほほえみながら、ソファにすわるおかあさんのほうへ歩いていった。わたしがしてもらうことはなかった、おかあさんらしいふるまい。

おかあさんはふりかえった。おかあさんはわたしをじっと見た。

「違う。」

ばれてしまった。おかあさんはつぶやいて、そっぽをむいた。

おかあさんはつぶやいて、そっぽをむいた。

「おねえちゃん、だれ？」

とりあえず、むかいのソファにすわったわたしに、おかあさんはたずねてきた。

「ええと、あなた、ふうちゃんよね。」

おかあさんの顔が明るくなった。

「そう。どうしてわたしの名前を知ってんの？」

「友達だから。」

とっさに言った。

「わたし、かよちゃんよ。」

「かよちゃん？」

「そう。かよちゃん。」

おかあさんはわたしの顔をみつめた。わたしはにっこりわらった。おかあさんもつられたようにわらった。しわに埋もれた唇のはしだけがひきあがる、かすかなほほえみ。もう、筋肉がこわばって、顔全体でわらうことはできなくなっていた。

「かよちゃん。」

そのほほえみをうかべたまま、おかあさんが、わたしをみつめて、わたしを呼んだ。

わたしは泣きだしてしまった。

おかあさんが、わらってくれた。わたしを、かよちゃんと呼んでくれた。

涙はとめどなく流れた。わたしは両手で顔をおおって、泣きじゃくった。

「かよちゃん、どうしたの?」

おかあさんが立ちあがり、わたしのうしろにまわって、背中をたたく。とんとんと、優しく。

でも、もう、おかあさんじゃない。

とんとん、とんとん。

このひとは、ふうちゃん。

「かよちゃん、大丈夫?」

おかあさんじゃなくなってしまった今になって、わたしをかよちゃんと呼ぶ。

おかあさんはずるい。

作文も読書感想文も、おかあさんの言う通りに書かされ、日記さえ、自分の思い通りには書かせてもらえなかった。

絵や工作の宿題もお習字も、おかあさんがやった。わたしがいくらがんばっても、おかあさんの気には入らなかった。

おかあさんが、畳の上に正座して、書き初め用の大筆を持って、元気な子と書いていた姿が、忘れられない。

わたしはこっそり、自分の書いたほうを提出した。それを知ったおかあさんはものすごく怒り、わたしが書いたものを一枚残らず破いて捨てるようになった。わたしはおかあさんの書いたものを提出するしかなくなった。

そこで、わたしは課題を家に持ちかえらずに、できるだけ学校でやるようにした。たいていはうまくいったが、ばれて、自画像を四つに破かれたこともあった。ただの絵の具ののった紙なのに、自分がひきさかれるように感じた。

そのあと、おかあさんが筆を取って、わたしの顔を描いた。わたしをテーブルにすわらせて、むかい側からわたしを描いた。

「かよ、動かないでよっ」

動いてもいないのに、おかあさんはわたしに、絵の具のチューブを投げつけた。黄色のチューブだった。わたしは黄色もきらいになった。

わたしのきらいなものはどんどんふえた。

おかあさんもきらいになった。

おかあさんをきらいな自分もきらいになった。


「ここどこ?」

おかあさんは、まだわたしの背中に手を置いたまま、きいてきた。

「ここはね、わたしの家なの。」

わたしは涙をぬぐいながらこたえた。いつまでも泣いているわけにはいかない。

「かよちゃんのうち?」

「そうよ。ふうちゃんはここでお泊まりするの。」

「いつまで?」

「あさってまで。」

「おかあちゃん、どこ？」

わたしは答えに窮した。おかあさんはわたしの背中から手を離し、部屋の真ん中へ歩きだした。

「おかあちゃん、どこにいんの？」

また、大声で呼びはじめそうな勢いだった。わたしも立ちあがり、正面からおかあさんの肩に手を置いた。薄い肩だった。その肩がずいぶん低いところにあった。

「おかあちゃんはあさって、迎えにきてくれるんだよ。」

「おかあちゃん、うちにいんの？」

「そうよ。ふうちゃんはここでお泊まり。おかあちゃんはおうちでおるすばん。」

おかあさんは、わたしをじっと見上げていたが、納得したらしく、またソファにすわった。

「ふうちゃんは、おかあちゃんが、だいすきなんだね。」

おかあさんを見下ろして言ったとたん、また涙が出そうになった。

「おかあちゃんはね、お裁縫がうまいの。みんなの着物を縫ってくれんの。この着物も」

おかあさんは両手の指を内側に曲げて、腕をひろげてみせた。けれども、おかあさんが身につけているのは、小花柄の綿サテンのツーピースだった。

「これは違うけど、いつもね、わたしに縫ってくれんの。」

「いいおかあさんだね。」

「いつも忙しいんだけどね、雨が降んとね、うちにいて、遊んでくれんの。」

おかあさんがこんなふうにしゃべるのを、わたしは一度もきいたことがなかった。

おかあさんは、もう、わたしの知っているおかあさんではなかった。

「お手玉を縫ってくれたり、お人形の着物を縫ってくれたりすんの。あやとりもしてくれんの。」

「そう。」

相槌をうつだけで精一杯だった。

おかあさんはずるい。

自分は母親に優しくしてもらったのに、わたしにはなにもしてくれなかった。

わたしはなにもかもおぼえているのに、おかあさんは自分のしたことを、なにもかも忘れてしまった。

おかあさんはずるい。


雨が降った日、おかあさんが傘をさして、学校に迎えにきてくれた。

朝は晴れていたから、傘を持ってきていない子が多かったけど、もう小学生なので、ほとんどの親が迎えにはきていなかった。それなのに、おかあさんが、傘を持って迎えにきてくれた。

「かよちゃん、いいな。」

なかよしだった、ようこちゃんが言った。

「かよちゃんのおかあさん、優しいね。」

ようこちゃんも傘を持ってきていなかったけれど、おかあさんは迎えにきていなかった。もうそのころには、違うってわかっていた。わたしのためではなかった。よい母親としての演出のひとつだった。

ほかにもいろんな演出があった。

たとえば、親が作らなくてはいけないもの。幼稚園の絵本バッグ、スモックの刺繍、小学校で使う体操服入れや上履き入れ。どれもすばらしい出来映えで、担任の先生にほめられなかったことはなかった。みんな同じことを言った。

「かよちゃんのおかあさん、優しいね。こんなにすてきなのを作ってくれて。」

作っている間、ものによっては一週間も、おかあさんはわたしとろくに口もきいてくれなかった。話しかけると、どなられて、追いはらわれた。

わたしのために作っているんじゃない。自分のため。自分をよい母親に見せるため。

おかあさんはいつも、完璧な母親をめざしていた。

「ようこちゃん、一緒に入っていけば。」

わたしの傘に、ようこちゃんを入れてあげた。おかあさんが持ってきたのは黄色い傘。きりんの絵が描かれている。

「かわいいね、このかさ。」

ようこちゃんが言うのを、ならんで、うれしそうにきいているおかあさん。

わたしはこの傘はすきじゃない。たしかに、かわいくて、きれいだけど、幼稚園のときから使っている、青い傘のほうがすきだった。折り目にそって、色がぬけ、くたびれた傘。近所のおにいちゃんにもらった、お下がりの傘。でも、はじめて自分でさせるようになった傘だった。

でも、それを言ったら、絶対に捨てられる。

おかあさんはそういうひとだった。


「ごはんまだ?」

おかあさんが言った。

いつの間にか、おかあさんの前にならべたプリンと紅茶が、きれいになくなっていた。それだけじゃない。わたしとみわのお皿もティーカップも空になっていた。みわはなにも手をつけないで帰っていったはずなのに。

そのとき、わたしは思い出した。わたしもみわもプリンがだいすきだったけど、おかあさんはプリンがすきではなかった。おかあさんが買ってきた、三つパックのプリンは、いつもひとつだけ残った。わたしたちは、おかあさんと一緒にプリンが食べたかったのに。

もう、すききらいまでわからなくなっているらしい。

「ごはん食いたい。」

時計を見上げると、まだ三時前だ。

「でも、お昼ごはんは食べたんでしょう?」

「食ってない。」

おかあさんは即答した。一瞬、その言葉を真に受けて、みわが食べさせなかったのかと思ったが、みわがそんなことをするわけがない。

「晩ごはんにはまだ早いよ。晩ごはんの時間になったら、ごはん作るから。」

わたしはおかあさんの目をみつめて、ゆっくり話した。おかあさんの目はどろりとにごって、全く波が立たない。きこえているんだろうか。

「おなかすいたよ。」

おかあさんはぽつりと言った。

「おなかすいた。」

声が大きくなった。わたしはぞっとした。また騒ぎだすかもしれない。

「わかった。ごはん作るよ。待っててね。」

わたしはおかあさんの返事も待たず、逃げるように、台所へ立った。

みわから、おかあさんはかぼちゃの煮物がすきだから、それだけは作っておいてと頼まれていた。きらいだったプリンさえ食べるのだから、かぼちゃの煮物を喜んでくれるとは思えなかったが、とりあえず大鍋いっぱいに作ったかぼちゃの煮物をあたためる。

こうばしくてあまいにおいが、そう広くもないマンションに満ちる。

においにつられたのか、おかあさんがコンロのそばへやってきた。ぼけたわりには、足取りはしっかりしている。

その足もとに、水たまりができていた。

「おかあさん、それ、どうしたの?」

言いながら、わかった。

おもらしをしたのだ。おかあさんが。

おかあさんはおどろいたように、自分の足もとの水たまりを見下ろした。水たまりは、ソファのあたりから、細く長く、続いていた。

「おかあさん、動かないで。」

わたしはおかあさんをそこに立たせたまま、スカートをまくって見た。おむつはいっぱいになって、ふとももまでずり落ちていた。あふれたのだ。かぼちゃのにおいよりもつんと鼻にくる、おしっこのにおい。

とっさのことにぞうきんが手近になく、流しの手拭きタオルで、おかあさんを立たせたまま、周りを簡単に拭いた。おかあさんをうながして、浴室に連れていく。おかあさんは自分でスカートはぬぐことができたが、上衣はぬげなかった。共布のくるみボタンをひとつずつはずし、上衣をぬがせ、下着もぬがせ、お風呂場でシャワーを浴びさせる。わたしは服をぬぐ間がなく、着ていたカットソーもジーンズもびしょぬれになった。

浴室から出ると、こげたにおいが鼻をついた。コンロの火を消してなかった。かぼちゃの煮物はこげてしまった。

おかあさんの体を拭いて、着替えをすませて、ソファにすわらせてから、早起きして作ったかぼちゃの煮物も、シビラの手拭きタオルも、ごみ箱に捨てた。おかあさんの着ていたものも捨ててしまいたかった。でも、みわのことを思うと、捨てるわけにはいかない。わたしは洗濯機にほうりこんだ。

みわは毎日こんなに苦労していたのか。わたしは知りたくなかったから、きかなかった。知ろうとしなかった。

「おかあちゃあん。」

またおかあさんが大声を出す。わたしがのぞくと、

「おねえちゃん、だれ?」

と、言う。もう、わたしがかよちゃんだということも忘れたらしい。

「みわちゃんの友達のかよちゃんだよ。」

わたしはくりかえした。

「みわちゃん?」

おかあさんは、もう、みわちゃんもわからなくなっていた。

わたしは玄関で見下ろした、みわの白いつむじを思い出した。みわの髪の毛が白くなるくらい、白くなっても染めることさえできないくらい、みわに世話をかけているくせに。

「おなかすいたよ。」

それでも、腹を立てている場合ではなかった。時計を見上げると、五時すぎだった。出前

を取ってふたりで食べた。

食べた器を簡単にすすいで、部屋の扉の前に出して、リビングにもどると、おかあさんが言った。

「おなかすいた。」

わたしは耳を疑った。えびが三本ものった天丼を、きれいに食べたばかりなのに。

「ごはんまだ？」


朝起きてから、夜寝るまで、おかあさんはずっと、わたしを
「かよっ」

とどなっては、たたいた。

だから、おふとんの中だけが安らげる場所だった。さすがのおかあさんも、寝ているわたしをどなることも、たたくこともなかった。

団地の2DKは、今のマンションより部屋数こそ多いものの、おそろしく狭かった。もちろん自分の部屋はなく、学習机が置かれた一角がわたしの空間だった。でも、そこにいるときはいつも、うしろからおかあさんにどなられ、頭や手をたたかれたので、わたしはその場

所がだいきらいだった。

夜になると、学習机の脇に、わたしはふとんを敷いた。まだ小さかったみわとおかあさんは、となりの部屋で寝た。部屋の仕切り襖は外されていて、一つの部屋になっていたから、ほとんどならんで眠るような形だった。それでも、ふとんの中だけが、本当のわたしだけの場所だった。

夜が来るのが待ちどおしかった。

いつもわたしは、だれよりも早く眠った。眠ってしまえば、もうたたかれることはない。そうして、わたしはきまって、おねしょをした。

緊張が解けるのがふとんの中だったからだろう。小学校に上がってからもおねしょは続き、そのたびに、おかあさんにおしりをひっぱたかれた。

ふとんから出れば、ひっぱたかれる。

ふとんに入っているときだけが、幸せだった。


「ここどこ?」

ふとんに入ってしばらくして、おかあさんが言った。目がさめたのか、もともと眠っていなかったのか。

　なんだかとてもつかれて、わたしはおかあさんのふとんの脇のソファにすわったまま、眠りこみそうになっていた。はっと顔を上げて、答える。

「ここはね、かよちゃんの家だよ。ふうちゃんは今日はここで寝るんだよ。」

「いつうちに帰んの?」

「あさって。ふたつだけ、お泊まりするの。」

「おかあちゃんは?」

「おかあちゃんは、ふたつお泊まりしたら、迎えにきてくれるよ。だからもう、寝ようね。」

　おかあさんは納得したのか、薄やみの中で、目を閉じた。

　おかあさんがここへきてから、このやりとりを何度くりかえしただろう。

　ずいぶん年を取ったおかあさん。けれども、闇の中にうかびあがる顔は、しわが重力にひっぱられてなくなり、てろんと白く、まるでこどものようにあどけない。

　ぼんやりみつめていると、携帯電話が鳴った。みわからだった。立ちあがって、廊下に出る。

「かよちゃん、大丈夫?」

「うん。大丈夫だよ。今まで、みわはたいへんだったんだなってわかったよ。そっちは大丈夫?」

「うん、今、施設からもどってきたの。気になってたんだけど、電話するの遅くなって、ごめんね。施設が遠くて。」

何年も待ったけれど、近所の施設に空きが出ず、おかあさんの認知症がすすんだので、地方の施設に入れることにしたのだった。車で二時間もかかる、山の中にあるという。

「どうなの? その施設。」

「うん、新しいところだから、きれいだし、個室だし、山の中で、環境はいいよ。でも、遠いよね。うばすて山に捨てるようなものだよね。」

みわは申し訳なさそうに声を低めた。

「あのひとは捨てられて当然じゃない? それだけのことはしたんだから。」

わたしは言ってやった。みわはこたえなかった。みわはいつもこうだ。

「もらしたりはしてない?」

ややあって、みわは話をそらした。

「一回した。それからは気をつけてるんだけど。」

「ごめんね。」

「やめてよ。みわが謝ることないでしょ。」

「トイレに行きたがらないでしょ。こどもと一緒だよね。トイレはってきくと、平気って言うの。全然平気じゃないくせに。」

みわはわらっているようだった。こうやって、なにもかも受け流して、ぼけた母親との日々を過ごしてきたのだろう。

「おかあさんてほんとにずるいよね。なにもかも忘れちゃって。こっちは忘れられないのに。」

わたしは、受け流せない。波風を立てずにはいられない。みわに言ったって、しかたのないことなんだけど。

「こどもになっちゃって。おかあちゃんって今日、何回言ったと思う？」

「おかあちゃんの話してるとき、うれしそうだよね。年取って、いやなことを忘れちゃったんだよね。おかあさん、意外と苦労してるんだよ。おとうさんを戦争で亡くしたのは知ってるでしょ。」

「それで苦労したって言いたいの？」

「それだけじゃなくて、その後、養女にやられたんだって。まだ、六つのときに。」

知らなかった。わたしは目を閉じたおかあさんの顔をみつめた。

「まだぼけちゃう前にね、言ってた。もらわれた先でいじめられたって。そこのうちの子たちに、寝てたら、焼けた火箸をおしつけられたりしたって。それで、見返したくて、必死になって勉強したんだって。」

おかあさんの口がいくらか開いてきた。今度こそ、眠ったらしい。みわはひとりでしゃべりつづけた。

「わたしね、今になって、わかるような気がするんだ。こどもがいて、保育園がいっぱいで入れなくて、仕事なんか続けられなくて、パパは海外で頼れないし。もちろん、親にも頼れないし。おかあさんも、そうだったんだなって。そんなに必死で勉強して、学校の先生にまでなったのに、やめなくちゃいけなくて。おかあさんも、つらかったんだなって。」

わたしにはわからない。

みわは結婚して、こどもを生むことをえらんだ。わたしは、その道がえらべなかった。その道の先がおそろしかった。自分も、おかあさんと同じことをしてしまいそうで、こわかった。

だから、わたしには、わからない。

わたしには、許せない。

「ぼけてよかったよ。いやなことみんな忘れて。」

みわが明るく言いきった。

おかあさんは、わたしを生んだことも忘れた。それなら、おかあさんにとって、わたしはいやな記憶だったの？

電話を切っても、わたしは廊下に立ったまま、動けなかった。

わたしが五つのときに、みわが生まれた。

みわは叱られなかった。

幼稚園に上がる前に、お着替えや箸の持ち方やリボン結びの練習をさせられることもなかった。鏡文字を書いたって、たたかれなかったし、数を数えまちがっても、風呂場でお湯につっこまれることもなかった。そもそも、お風呂に入っているときに数を数えさせられることもなかった。

わたしだけだった。

小学校へ上がってからは、放課後に勉強させられた。まちがえるたびに、どなられて、たたかれた。

みわは、おかあさんがどなりはじめると、机のないほうの部屋へ行って、ひとりでいた。新聞やちらしを、はさみで切り刻んでいた。みわのまわりは、刻まれた紙が散らばった。その真ん中で、みわはうつむいて、おかあさんがどなるのをやめるまで、はさみを動かしつづけていた。

おとなになって、みわは言った。

「あのころ、かよちゃんが学校から帰ってくるのがこわかった。おかあさんが怒りだすから。自分も小学生になったら、ああなるのかと思って、小学生になりたくなかった。」

みわの不安は杞憂に終わった。

みわは小学生になっても、ああはならなかった。

おかあさんがみわをどなるところを、わたしは一度も見たことがない。


夜中に何度も起きるときいていたが、おかあさんは朝まで一度も目をさまさなかった。

おかあさんなりに、つかれていたのだろう。知らないひとの、知らない家に泊まっているわけだから。

おむつはまたあふれていた。すえたにおいで部屋が満ちる。わたしは気にしないことにした。おかあさんが平気なんだから、そのまま寝かせておこう。貸しふとん屋さんに、もう一組持ってきてもらえばいい。

おかあさんは、目覚めるなり、起きあがって、きいた。

「ここどこ？」

「ここはわたしの家。かよちゃんの家だよ。」

わたしはまたくりかえした。今日は何回このやりとりをすることになるのだろう。

すぐに浴室へ連れていって、体を流し、新しいおむつを穿かせた。

ふと、わたしもこうしておむつを替えてもらってたのかなと思う。

なにもおぼえていないけれど、わたしが今生きているということは、おかあさんがわたしのおむつを替えたり、おっぱいを飲ませてくれたりした結果なんだろう。そもそも、生んでくれたというだけで、親には感謝するべきなのかもしれない。

でも。わたしは首をふった。感謝なんて、できない。

おぼえている記憶が全て。おぼえていない過去の、そのあとの記憶が、わたしをかたくなにする。

おかあさんは、おむつひとつで、廊下へ出ていった。わたしはシャワーでぬれた服を手早くぬぎ、下着姿で後を追う。老人と中年女がこんな格好でうろうろするなんて、ひとが見たらわらうだろう。とりあえず、おかあさんに服を着せなくては。

わたしはみわから預かった旅行かばんを開けて、おかあさんの服を出した。綿のカットソーとカーディガン、それに、綿サテンのスカート。

おむつひとつでソファにすわるおかあさんの前に、服をひろげた。

「これじゃない。これ着たくない。」

おかあさんが言った。

「どれが着たいの？」

わたしは旅行かばんから残りの服を出した。

「これ。」

おかあさんが手に取ったのは、淡い紫色の、やはり綿サテンのツーピースだった。きれいな服だ。色の白いおかあさんに、まちがいなく似合う。

おかあさんはおしゃれだった。この服も自分でえらんだのかもしれない。あまり身の回りに頓着しない、みわがえらんだとは思えない。

おかあさんの前に膝をついて、靴下を穿かせていると、大きなくしゃみが出た。

「大丈夫？」

おかあさんが言った。

「早く服を着なさい。」

その命令調の言葉のひびきがなつかしく、わたしははっとおかあさんを見上げた。

おかあさんはわたしを見下ろしていた。もとにもどったのかと一瞬思った。でも違う。おかあさんは、平気な顔で、わたしに靴下を穿かさせつづけた。

おかあさんはいつも身ぎれいにしていた。ひと月に一回、必ず美容室にでかけて、パーマをかけていた。髪もまめに染めていた。参観日には着物を着てきたこともあった。それがよく似合っていた。

「かよちゃんのおかあさんて、おしゃれだよね。」

友達に言われたこともあった。

けれども、家にもどったおかあさんが話すのは、先生の教え方についてだけだった。あの先生は板書が下手だとか、授業にまとまりがないとか、こどもに考えさせる時間を与えてないとか、先生の批判ばかりしていた。わたしのことなんて見ていなかった。おかあさんはいつまでも、学校の先生のままだった。

家もきれいにしていた。たったふたつの部屋は畳敷きだったが、けばが立っていたことはなかった。やかんも鍋も、すす汚れなく、磨きたててあった。古いもの、汚れたもの、壊れたもの、色があせたものがきらいだった。

わたしはおとうさんが赴任先で買ってきてくれた、うさぎのぬいぐるみを大事にしていた。うさちゃんと呼んで、毎晩、抱いて眠った。

おとうさんはわたしを叱らなかった。おかあさんがどなっても、おかあさんをとがめなかった。かなしそうな目をして、ちゃぶ台のむこうから、こちらを見ていた。いつも家にいないから、言える立場にないと思っていたらしい。

それでも、おとうさんが家にいる間は、おかあさんの暴力がおさまった。おとうさんが赴任先に出かけてしまうと、わたしは昼間もうさちゃんを抱くようになった。うさちゃんがいれば、おかあさんにたたかれるとき、わたしはひとりではなかった。うさちゃんはいつでも、わたしと一緒にたたかれてくれた。

どこへでも一緒に連れていくうちに、うさちゃんは、毛がもつれて、毛玉だらけになった。色もだんだんあせて、うすいピンク色が、茶色になっていた。

幼稚園に上がる前に、おかあさんはうさちゃんをきたないと言って、捨てた。

それからも、人形の髪の毛がもつれてばさばさになっているとか、ぬいぐるみの片目がとれたとか言っては、捨てた。わたしは何度か泣いて頼んだ。まだきれいだよとか、まだこわれてないよと言っては、許しを請うた。

おかあさんは許さなかった。目立ちはじめた白髪を一本残らず染めるように、おかあさんの気に入らないものは全て、家から排除した。

たたかれながら、わたしも壊れたら、捨てられると確信していた。


「ごはんまだ？」

朝から、もう二十回は言った。

朝ごはんも昼ごはんも食べさせたのに。

「今作るから、待っててね。」

みわに教えてもらった言葉を、もう二十回目に口にしながら、台所に立つ。本当になにかを作るわけではないけど、待っててと言った以上、ソファにすわっているわけにはいかないような気がする。

「おなかすいた。」

まだ言っている。

「ここどこ？」「おねえちゃん、だれ？」「おかあちゃんは？」「ごはんまだ？」

四つの言葉を何度でもくりかえすおかあさん。

自分がおかあさんをどなったり、手を上げたりしないのが、ふしぎだった。預かるよう頼まれたとき、正直いって、こわかった。高齢者虐待の話はよくきく。ぼけたおかあさんをいじめて、こどものころの恨みをはらす自分の姿が、ありありとうかんだ。

「おかあちゃぁあん。」

おかあさんが大声を上げた。わたしはリビングにもどった。

「おかあちゃんはもうすぐお迎えにくるから。」

わたしが言ったが、おかあさんはソファにつっぷして、泣きだした。

「おかあちゃぁあん、かぼちゃ食いたいよう。」

まるで駄々っ子だ。こんなおかあさんを前にしては、恨みも消える。くやしいけれど、今はそれどころではない。

「かぼちゃ、食べたい？」

わたしはおかあさんにきいていた。

「おかあちゃんのかぼちゃ。」

「おかあちゃんのかぼちゃがすきなのね。」

おかあさんはしゃくりあげながらうなずく。みわの言う通り、かぼちゃの煮物だけは、忘れていなかった。

「わかった。かぼちゃないからね、買いにいくから、ね。」

おかあさんが顔を上げた。涙がしわにたまっている。

マンションのむかいはコンビニだった。かぼちゃの煮物くらいあるだろう。わたしは買いに走った。

ほんの十分くらいのことだった。もどってきて、鍵を鍵穴にさしこむのももどかしく、玄関の扉を開けると、奥からざあっという水の音がした。わたしはかけこんだ。

台所の流しの前に、おむつ姿でおかあさんが立っていて、シンクから水があふれだしていた。おかあさんはもちろん、床まで水びたしだった。

「なにやってるのっ」

わたしは水をとめた。シンクの排水口には、さっきまでおかあさんが穿いていた、薄紫色のスカートが丸めてつっこんであった。

「お風呂をわかそうと思ってね。」

おかあさんはおずおずと言った。いけないことをしたということは、わたしの剣幕でわかったようだ。

「お湯がとまんなくてね。」

おかあさんは、もう二度もシャワーを浴びている浴室がどこかわからず、流しを浴槽だと思ってしまったらしい。栓が見当たらないので、自分のスカートをぬいで詰め、さて湯をはろうとしたが、水の出し方がわからず、蛇口をいじっているうちに、水が出始めたのはいいが、今度はとめ方がわからなくなったらしい。

わたしはおかあさんをそのままに、とりあえず床を拭いた。階下の部屋にもれたら、たいへんなことになる。あらかた拭けてほっとしたとたん、異様なにおいに気づいた。

おかあさんのおむつが汚れていた。

わたしは泣きたくなった。おかあさんは、自分が粗相してしまったことに気づいて、自分でなんとかしようとしたんだろう。こどもにもどってなお、きれいにしておきたいというおかあさんの気持。

「ふうちゃん、ごめんね。気がつかなかったよ。」

わたしはおかあさんを浴室に連れていった。

慣れない介護で精一杯で、風呂にもいれてやってなかった。わたしは浴槽に湯をはり、おかあさんをいれてやった。

一緒には入れなかった。

それはもらしたおかあさんがきたならしく思えるからではなかった。

わたしはまだ、許せなかった。七が言えなくて、頭をつっこまれたお風呂。今、おかあさんに数を数えさせたら、おかあさんは十まで数えられるんだろうか。

わたしは、洗い場に、膝をかかえてすわったまま、おかあさんがふうっとやわらかな息を吐くのをみつめていた。


テストは、いつも百点でなくてはいけなかった。

小学校に上がったはじめから、そうだった。百点を取ったからといって、ほめてくれるわけではなかったけど、百点を取らなかったら叱られるので、わたしは必死になって勉強した。うっかりミスで百点を逃さないよう、見直しもした。

努力の甲斐あって、たいていのテストでは、問題なく百点が取れた。

ところが、一年生も終わりのころ、漢字の書き取りテストで、わからない問題があった。家では二年生のドリルを解かされていたのに、どう書けばいいのかわからなかった。

みかづき。

それがなにかもわからなかった。

空欄で出したら、叱られる。かといって、あてずっぽうで書いてまちがえたって、叱られる。

鉛筆を持った右手をつかまれて、まちがえた漢字を何回も何回も書かされる。ノートが涙で破れても、おかあさんは手を離さない。ふりまわされたあげくに、椅子からほうりだされる。

これまで、百点が取れなかったときのことを思い出して、ぞっとした。

わたしはとなりの席の男の子の解答用紙をのぞき見た。空欄だった。通路をはさんで反対どなりの女の子の解答用紙も見た。書いてなかった。

先生の様子をうかがうと、教壇でうつむいていた。もうすぐテストも終わる。出席簿をたしかめているようだった。

わたしはななめ前の席の、みゆきちゃんの解答用紙をのぞいた。みゆきちゃんの両親はお医者さんだった。おかあさんが勝手にわたしのライバルに決めつけ、やたらと張りあわされていた。

みゆきちゃんが、右ななめ前の席だったのが幸いだった。腕の間から、ちょうど、解答欄が見えた。

三日月。

二月生まれだったから、まだ七つにもなっていなかった、わたし。カンニングという言葉さえ知らなかった。

あのとき、カンニングをするしかなかった小さな自分が、いとおしい。

まだ夜が明けていなかった。

物音に気づいて、わたしは目をさました。おかあさんが寝ていたはずのふとんは空だった。

わたしはとびおきた。

がちゃがちゃがちゃがちゃがちゃがちゃ
執拗に、玄関扉の把手を回す音がする。

おかあさんが、寝間着姿のまま、それでもなぜか旅行かばんだけは肱にかけて、玄関の扉を開けようとしていた。掛けておいた鍵は、上だけが解錠されていた。二重鍵の下のほうには気づかなかったらしい。危ないところだった。

わたしの気配に、おかあさんはふりかえった。

「この戸、開かねえよ。開けてくれ。」

「どこへ行くの?」

「うちへ帰んの。」

「うちって、どこの?　みわちゃんの?」

「日高に決まってんでしょ。日高に帰んの。」

「日高にはもう家なんて」

言いかけたわたしの声をかきけして、おかあさんがさけんだ。

「あけてーっ、うちへかえるーっ」

扉をだんだんたたく。わたしはおかあさんをうしろから抱きかかえた。すぐにふりはらわれて、わたしは玄関マットの上にしりもちをついた。見ると、おかあさんは裸足だった。

「ふうちゃん。」

わたしはなぜか、わらいだしそうになった。夜明け前に、もう永久に失われたこどものころの家を求めて、寝間着に裸足で扉をたたく母親。

「ふうちゃん。」

わたしはくりかえした。おかあさんは扉をたたくのをやめて、ふりかえった。

「おねえちゃん、だれ？　どうしてわたしの名前を知ってんの？」

わたしは玄関マットの上にすわったまま、こたえた。

「知ってるよ。あなた、ふうちゃんでしょ。」

なんでも知ってるよ。知りたくなかったけど。

「あなたのおかあちゃん、お裁縫が得意でしょ。」

おかあさんは薄やみの中でうなずいた。

「ふうちゃんは、まだ小さいのに、お手玉を縫って、ほめてもらったんでしょ。数珠玉をみつけるのが、上手だったんでしょ。」

おかあさんはこくこくとうなずいた。

「桜の花びらの笛を鳴らすのも、上手だったんだよね。」

おかあさんの顔がほころんだ。ゆっくりと、唇のはしだけをひきあげて、わらう。

今日がおかあさんと暮らす最後の日。たった三日の間に、おかあさんは、いろんなことをわたしにしゃべった。

お裁縫がうまいおかあちゃんのこと。いつもほおずりしてくれた、おとうちゃんのこと。ちらしずしを作るときに、おかあちゃんがうちわであおがせてくれたこと。そのちらしずしがおいしかったこと。貴重だった卵をかけたごはんを、おとうちゃんが口の中に入れてくれたこと。庭で育てたかぼちゃを煮たら、みんながおいしいと言って、ほめてくれたこと。

おかあさんはずるい。

わたしが百点を取ったって、ほめてくれなかったのに。ちらしずしだって、一度も作ってくれなかったくせに。

自分はいつまでも、六歳までの記憶の中にいる。幸せなこどもだったころの記憶の中に。

わたしが年を取って、ぼけてしまったら、わたしにはきっと、おかあさんに虐待された記憶しか残らない。

「ふうちゃん。」

扉の前に立ったまま、あどけない表情をうかべて、わたしをみつめているおかあさんを見上げて、わたしは言った。

「ふうちゃんなんか、だいっきらい。」

きらいだと言われた記憶が、ひとつくらい、おかあさんの幸せな記憶の中に残ってほしかった。

ぼんやりと言葉の意味を探しているおかあさんにむかって、わたしはゆっくりとくりかえした。

「ふうちゃんなんか、だいっきらい。」


三年生の冬だった。学校で、算数のテストが返された。

わたしは目を疑った。七十点だったのだ。わたしにとって不吉な七。赤いペンで書かれていたはずの点数が、わたしの記憶では、今でも真っ黒だ。

かけ算の筆算のやり方がまちがっていたらしく、最後の六問全てが不正解だった。

「めずらしいね。かんちがいしておぼえちゃったかな。」

担任の先生が言った。名前も忘れたその先生の、そのときの口もとだけをおぼえている。のんきにも、ほほえんでいた。自分のつけた点数で、教え子がどうなるかも知らず。

わたしは、帰る途中に点数のところだけを破って丸めて、公園のごみ箱に捨てた。

家に帰ると、おかあさんがみわを寝かしつけていた。みわが昼寝をしている間は、おかあさんはわたしをどならない。わたしはほっとして、テストを出した。

「机の中でひっかかって、破けちゃったの。」

わたしの胸はどきどき鳴っていた。心臓の音で、みわが目をさましてしまうんじゃないかと思うくらい。

おかあさんはなにも言わずにテストをみつめていた。そして、わたしにテストを返してくれた。

わたしはほっとした。七十点には気づかれなかったと、あさはかにも思った。

おかあさんは立ちあがり、台所にむかいながら言った。

「かよ。いらっしゃい。」

声は小さく、ささやくようだった。うかつにも、おやつでももらえるのかと思った。

わたしがおかあさんのそばにかけよると、おかあさんはいきなりわたしの首をしめた。

わたしはあばれた。テーブルの上のものが床に落ちて、砕けた音がした。コップだったのか、つめたいしずくが頬に散った。

苦しくて、もがいているうちに、もうどうなってもいいやと思うようになった。あたりが暗くなる。どこからか、声がきこえる。

「あんたみたいな子は死んだほうがいいの。」

もういいや。死んじゃってもいいや。

わたしがそう思うと、全てが真っ暗になった。

そのとき、うああんという泣き声がきこえた。ききおぼえのある泣き声。

「かよちゃあん、かよちゃあん」

そうだ、みわの声だ。

わたしは目をさますなり、咳きこんだ。床にうつぶせになって咳きこみ、あげくに給食で食べたものを吐いた。

「かよちゃあん、かよちゃあん」

みわは泣きつづけていた。

その声が暗闇をはらってくれた。わたしは明るい光の中にいた。光は痛いほどにまぶしかった。

みわがわたしを助けてくれた。

おかあさんに殺されかけた、わたしを。


トーストと目玉焼きとベーコンの朝ごはんを食べさせてから、おかあさんをみわの家まで送っていくことにした。

みわはお昼すぎ、夫の道夫くんの車で迎えにくると言っていたが、わたしはこれ以上、おかあさんと一緒にはいたくなかった。一秒でも早く離れたかった。

着替えるとき、おかあさんははじめに着てきた、小花柄の綿サテンのツーピースをえらんだ。薄紫色のツーピースはまだかわいていなかったが、ビニール袋につつんで、旅行かばんに入れた。

家中を歩きまわって、おかあさんの忘れものがないかたしかめる。この家に、おかあさんの髪の毛一筋も残したくなかった。おかあさんがいた痕跡を消したかった。

「おかあちゃあん。」

またおかあさんが、ソファにすわったまま、さけぶ。

「ふうちゃん、今から、おうちに帰ろうね。」

「うちに帰んの？」

「そうだよ。わたしが送っていってあげるから。」

「ありがと。」

おかあさんの口もとだけがほころんだ。

おかあさんは、六歳まで暮らした日高のうちに帰れると思っている。これまでずっと大事にしてくれた、みわのことも、おかあさんを引取るために、みわたちが建てた家のことも、おかあさんはおぼえていない。

「みわはいい子だ。孫を生んでくれた。あたしの孫を。」

前にみわの家で会ったときに、生まれて間もないみわのこどもを抱いて、わたしにあてつけるように言ったおかあさん。その孫のことさえ、もう一言も言わない。

おかあさんは表情のない目でわたしをみつめる。

「おねえちゃん、だれ？」

おかあさんの記憶の中に、だれかにきらわれた記憶は残らなかった。さっきわたしが投げつけた言葉はもちろん、この家で二晩を過ごしたことも、おかあさんはおぼえていなかった。

わたしはもうこたえず、おかあさんを立たせて、玄関へむかった。なにもわからないまま、それでもおとなについていくしかない迷子のこどものように、おかあさんはおとなしく、わたしのあとをついてきた。


雨が降っていた。

おかあさんの傘のさし方が、どうにも心もとなかったので、ひとつの傘にふたりで入っていくことにした。

つめたい雨だった。雨が降るごとに、冬に近づいていく。

「どこ行くの？」

雨にぬれながら、見たこともない道を歩くのが不安になるのか、駅までの道で、おかあさんは何度もたずねてきた。

「おうちに帰るんだよ。」

駅で騒ぎだすのではないかとおそろしかったが、おかあさんはきょろきょろしているばかりで、ほとんど口もきかなかった。

わたしはホームで、おかあさんの手をにぎりしめていた。横浜までの湘南新宿ラインの列車は、なかなか来なかった。

おかあさんの手は、冷たくて、しなびていた。

この手を求めたことを思い出す。手をつないで歩いてほしかった。幼稚園に上がったばかりのことだった。みんな、お迎えにきたおかあさんと、手をつないで帰っていた。わたしはおずおずと手をのばした。

まだ、桜の花が咲いていた。

なにが気に入らなかったのか、おかあさんはわたしの手をはらいのけた。

花びらが散っていた。おかあさんは手をつないでくれなかった。

あのとき、手をつないでくれなかったくせに。

今、おかあさんは、わたしに手をにぎられたまま、ホームの屋根から落ちる雨だれをみつめている。

この手を離せばどうなるだろう。線路に落ちて死ぬかもしれない。ほんとの迷子になって、もうだれともわからないまま、どこかの施設にやられるかもしれない。

けれども、わたしが手を離してしまう前に、列車がホームに入ってきた。

車内は混んでいた。おかあさんの手をひいて、乗りこむと、背広姿の若者が席をゆずってくれた。おかあさんは、頭を下げてお礼を言った。

「ご親切に、ありがとうございます。」

その言い方が、いかにも年寄りらしかった。もとにもどったのかと思ったが、しばらくすると、つり革につかまって、おかあさんの前に立つわたしに、きいてきた。

「ごはんまだ?」

しかたなく、横浜駅の雑踏の中で、おかあさんに立ち食いうどんを食べさせた。

てんぷらうどんをすするおかあさんを横からみつめながら、このまま、わたしがいなくなればどうなるだろうと、また思う。おかあさんは、だれに置いていかれたのかもわからないまま、横浜駅をさまようだろう。わたしのこともみわのことも、もうわからないのだから、さみしくもかなしくもないだろう。騒ぐこともなく、わたしがマンションにもどるころまで、気づくひともいないだろう。年寄りを捨てるのは、赤ん坊を捨てるより、ずっと簡単だ。

「ごちそうさまでした。」

おかあさんは、汁も残さず食べおえたどんぶりにむかって、手を合わせた。わたしはまた、おかあさんの手をひいて、歩きだした。

私鉄に乗りかえる前に、ホームのトイレの個室に一緒に入って、おかあさんのおむつを替えた。郊外へむかう電車はすいていて、わたしたちはならんですわった。すわっている間も、わたしはおかあさんの手をにぎりつづけた。

たぶん、これが、おかあさんを捨てる最後の機会。この列車は終点で、駅員が降りそびれたひとがいないか確認してから、折りかえす。次の駅で、おかあさんを置いて、わたしだけ降りてしまえばいい。おかあさんは、駅員が気づくまで、この列車にゆられているだろう。捨てられたこともわからないままに。

わたしはおかあさんの手を離して座席から立ちあがった。ホームにすべりこんだ列車の扉が開く。わたしは電車から降りた。

これでもう二度と、おかあさんの顔を見なくてすむ。思い出して泣くこともなくなる。

これがおかあさんの顔を見る最後と思いながら、ふりかえると、おかあさんもわたしを見ていた。

「あの、あなた」

おかあさんは腰をうかして、わたしを呼びとめようとしていた。

「忘れものよ。」

おかあさんは、座席の上のおかあさんの旅行かばんを持ちあげようとした。

わたしは閉じかけた扉の中にとびこんだ。自分のかばんをわたしに手渡そうとする、おかあさんの隣にすわった。

おかあさんはにごった目をわたしにむける。けれどもおかあさんの目にうつるわたしは、やっぱり、おかあさんの知らないひとだった。

「あの、どちらさま?」

それは日高の言葉ではなく、ききなれたおかあさんの言葉だった。それでも、おかあさんにはわたしがわからない。

わたしはこたえず、おかあさんの手をにぎった。

列車は、みわの家のある駅に着いた。

何度も機会はあったのに、わたしはおかあさんを捨てられなかった。

わたしは、おかあさんの手をひいて、電車を降りた。


駅は、こどものころの記憶と全く違っていた。トタン屋根の駅舎も、セメントの床もなくなり、ガラス張りの駅舎にはエスカレーターまで設置されていた。

改札をぬけると出口がふたつに分かれていて、一瞬、とまどった。以前は商店街に出る口がひとつあるだけだった。

雨の中に、商店街が見える。改装したらしく、昔の面影はない。

十八歳で家を出るまで、過ごした町。一秒でも早く、家を出たかった。おかあさんから離れたかった。自宅からは通えない大学だけを受験して、家を出た。

わたしは傘をさした。傘をさした方の手に旅行かばんを提げ、反対の手で、おかあさんの手をにぎる。わたしとおかあさんは、雨の中に踏みだした。

変わりはてて見慣れない町でも、道はかわらない。住んでいた団地への道はすぐにわかった。みわが結婚してから建てた家は、団地の先にある。

家がふえたことに驚く。よく遊んだ公園はそのままだが、まわりの畑はマンションになり、秘密基地をつくって遊んだ山は切り崩されて、てっぺんまで家が立ちならんでいる。

公園のけやきの木はずいぶん大きくなった。もう登って遊ぶことはできそうにない。

遊びに夢中になって、帰るのが遅れ、閉めだされたことがあった。いくら泣いても、おかあさんは家に入れてくれなかった。やがて日が暮れると、公園のすみに置かれていた、パンダの遊具の顔がこわく見えた。昼間はつるつるすべるその背中にまたがって、大声を上げていたのに。わたしはパンダに背をむけて、顔を見ないようにした。もしパンダが歩きだして、近づいてきていたらどうしようと思っていたら、うしろから肩をたたかれて、とびあがった。みわが迎えにきてくれたのだった。ふたりになれば、もうパンダなんてこわくない。わたしたちはパンダの背中に乗って、みわの持ってきてくれたおむすびを食べた。

あのパンダもいなくなっていた。

公園のそばのアパートは、昔のままだった。ただ、ずいぶん古びて、まわりには車のタイヤや、さびた自転車が放置されている。

ここに住んでいた友達とはよく遊んだ。その子のうちには門限がなく、いつまで遊んでも叱られないようだった。お昼にそうめんを食べさせてもらったこともあった。今はもう、顔も名前も思い出せない友達。

そのアパートの部屋の前に、こどもがしゃがみこんでいた。

わたしはどきりとした。でも、違う。わたしのかつての友達は女の子で、こどもは男の子だった。

こどもは、うつむいて、雨にぬれる背の低い草むらを見ていた。ぴくりとも動かず、現実のものとは思えなかった。昔のままのアパートといい、そこだけ、時間がとまっているようだった。

わたしも、ああやって、しゃがんでいた。おかあさんに叱られて、家を閉めだされたとき。もう家には入れてもらえないとあきらめて、団地の入り口にしゃがんで、ありの行列を見ていた。いつまでも見ていた。入り口のそばの部屋に住んでいたおばあちゃんが出てきて、頭をなでてくれた。

今日は木曜日。わたしは、学校はどうしたのと声をかけることをためらって、通りすぎた。話しかけたら、アパートごと、消えてしまいそうだった。おかあさんはこどもに気づいてもいなかった。

団地もそのままだった。今にも崩れてしまいそうに古ぼけて、立っていた。白かった壁は黒ずんで、あちこちにひびが走っている。屋上までのびた、つたの葉が枯れている。

団地のむこうの雨の中に、小学校が見えた。丘の上の小学校。わたしもみわも通った学校。同じような色の校舎だったように記憶していたが、あちらは塗りかえたのだろう。団地よりもずいぶん白かった。

ものごころついてから、家を出るまで、ずっと暮らしていた団地。こどもたちが走りまわって、あんなににぎやかだったのに、今はもう、住んでいるひともいないようだった。

団地の入り口には、看板が立っていた。建て替え工事を知らせる看板だった。

工事は来月から。

手をつないでくれなかったおかあさんと手をつないで、看板のうしろにそびえる、三階建ての団地を見上げた。

わたしとおかあさんが暮らした団地。おかあさんはおとうさんが死ぬまで、ここで暮らしていた。わたしはおかあさんの顔を見たが、おかあさんの顔にはなんの感慨もうかんでいなかった。おかあさんの家はもはやここではなく、今はどこにも存在しない、おかあちゃんと暮らした日高の家だった。

でも、わたしの家は、この団地しかない。五号棟の、三階、３０６号室。

わたしはおかあさんの手をひいて、団地の敷地に入っていった。建物の入り口はベニヤ板でふさいであるが、団地の真ん中の小さな公園には入れるようになっている。

建物も公園も、こんなに小さかったことにおどろく。記憶の中の団地は、三階まで階段を上がるのに息が切れるくらいに高く、公園はかくれんぼでもキックベースでもできるくらいに広かった。

公園から、五号棟の３０６号室のベランダを見上げた。ちょうど、ブランコの上が、わたしたちの家だった。

「おかあさん、あの部屋だよね。」

わたしはひびの入ったガラス窓を見上げた。おかあさんも顔を上げたが、なにも思い出せないようだった。

おかあさんが忘れても、わたしは忘れない。

五号棟の３０６号室。

わたしたちの家。

団地には、いろんなひとが暮らしていた。

おとなりの307号室に住んでいたおばちゃん。薄暗い階段を上がりきると、うちとおばちゃんの家の玄関がむかいあっている。

おかあさんがわたしをどなりつけていると、おばちゃんは、きまって、ピンポンを鳴らして、来てくれた。

「中田さあん、中田さあん。」

おばちゃんの声は間延びしていた。おかあさんがばつがわるそうに出ていくと
「いや、なんかね、声がきこえたもんだから。」

とか
「これ、よかったら食べて。今作ったんだけど。」

とか言っては、うちに入ってきてくれた。

おばちゃんが来ると、さすがのおかあさんもそれ以上わたしをどならなかった。

三号棟の208号室には、一学年上のもっちゃんという男の子が住んでいた。

もっちゃんのおばちゃんは、わたしが閉めだされていると、家に上げてくれた。晩ごはんを食べさせてくれた。

「今日はかよちゃんが来てくれたから、ちらしずしを作ろうね。」

もっちゃんのおばちゃんはそう言って、わたしに、すし飯をあおがせてくれた。もっちゃ

んとなかよしのたっくんも、たいてい一緒だった。もっちゃんとたっくんと三人で、かわりばんこにうちわをあおいだ。わたしたちは、あまいお酢のにおいのゆげにつつまれた。

もっちゃんのおうちの子になりたかった。

もっちゃんはアメリカ人の父親に似たらしく、黒い肌と縮れた髪をしていた。わたしのほうがもっちゃんよりもっちゃんのおばちゃんに似ているんだから、もっちゃんのおうちの子になれるんじゃないかとも考えた。

そう思う自分はなんてわるい子だろうと思った。

ほんとのおかあさんをすきになれないなんて。おかあさんをだいきらいと思ってしまうなんて。きっと、こんなにわるい子は、どこにもいないと思っていた。

もっちゃんとは登校班も一緒だった。もっちゃんが班長だった。朝からおかあさんに叱られて、目を赤くして集合場所に来たわたしを、もっちゃんは、なんにも言わずに列の最後にしてくれた。泣いていたことが他の子に気づかれないように。

丘の上の小学校までの道のりの間に、風に吹かれて、涙は飛んでいった。

真っ昼間から、公園のベンチでカップ酒を飲んでいる男のひともいた。無精ひげを生やし、片膝を上げてすわっていて、わたしは目を合わせないように気をつけていた。わたしが閉めだされて公園に行ったときに、そのひとがいると、こわくてたまらなかった。

けれども、ある夕暮れに気づいた。わたしが公園にいる間、そのひとが、ずっとベンチですわっていてくれることに。

わたしはいつもブランコに腰かけていたから、男のひとと話したことはなかった。けれども、みわが迎えにきてくれて、わたしがブランコから立ちあがると、きまって、男のひともベンチから立ちあがるのだった。

そして、右足をひきずって、地面に長い線をひきながら、一号棟のほうへ歩いていった。

学校には、おかあさんにかくれてこっそり書いて出した作文を、ほめてくれた先生がいた。

「中田の作文は、おもしろい。文章が短くて、思い切りがいい。才能があるな。」

五年生のときだった。はじめて、自分の思う通りに書くことのできた、作文の宿題だった。

出版社に勤めはじめ、編集者として何度も失敗して、そのたびに落ちこんだけれど、そのときの先生の言葉を思い出しては乗りこえてきた。

高校に入ると、わたしは学校へ行けなくなった。ひとがうらやむような高校だった。通っていた中学校からは、わたしだけが入学した。

きっかけはささいなことだった。同じクラスのひとりの女の子が仲間はずれにされるようになった。トイレや更衣室で、その子の悪口をみんなが言っていた。それをきくのがつらかった。

おかあさんは、ふとんからわたしをひきずり出した。わたしは泣いてあばれた。あばれたあまり、おかあさんをけってしまったこともあった。

「母親をけるなんて、おまえはなんてわるい子だ。地獄に落ちるよっ」

おかあさんはおなかをおさえて、呪いの言葉を吐いた。

担任の先生が迎えにきてくれた。わたしは先生と歩く道すがら、おかあさんのことを話した。おかあさんがきらいでたまらないわたしはわるい子で、きっと地獄に落ちるんだから、勉強なんてしてもしかたがないと話した。

「いいんだよ。きらいでも。」

先生は言った。

「そんなにひどいおかあさんなら、きらいでいいんだよ。無理にすきになる必要はないんだよ。ひどいことをされたら、それがたとえおかあさんでも、中田にとってはひどいひとなんだから。ひどいひとをすきになる必要はないんだよ。」

わたしはそのときはじめて、おかあさんをきらいな自分をきらいになる必要がないことを知った。

大学受験のとき、その先生は、欠席日数をごまかしてくれた。

「ゼロを全部、ぬいといたから。」

先生はにやっとわらった。二桁台だった欠席日数の一の位の数字をぬいて、全て、一桁にしてくれていた。

わたしは、第一志望だった、関西の大学に受かった。これで家から出られる。おかあさんから離れられる。

そう思う自分を責めることもなくなっていた。

雨の中で、わたしは、いろんなひとの顔を思い出した。

その後、会うこともなく、ほとんど思い出すこともなかったひとたち。わたしがここを離れていた間に、みんないなくなってしまった。

壊される団地を見上げて、今さら気がついた。わたしにも、幸せな記憶があった。

そのとき、おかあさんがふと、傘の下から、雨の中に出ていこうとした。わたしはいつの間にか、おかあさんの手を離していたらしい。おかあさんは、ブランコのほうへ歩いていった。びしょぬれのブランコの鎖をつかむ。

わたしはあわてて後を追い、傘をさしかけて、おかあさんの腕をつかんだ。

おかあさんはブランコを離した。

ブランコは雨にうたれながら、ぎいこぎいことゆれた。

「どうしたの？　まさかブランコに乗りたいの？」

おかあさんはわたしをふりかえった。

「雨が降ってるから、だめだよ。ぬれちゃうでしょ。」

おかあさんはこたえなかった。わたしはひとつの傘の中で、おかあさんをみつめた。

おかあさんのうしろで、ブランコがひとりでゆれる。ぎいこぎいこ。ぎいこぎいこ。

わたしは、この光景をおぼえていた。

おかあさんのうしろで、ブランコがひとりでゆれていた。ぎいこぎいこ。ぎいこぎいこ。

雨は降っていなかった。晴れた日の夕暮れ。影が長くのびていた。地面はさらさらに乾いていた。風が吹いていた。わたしの目には砂が入っていた。

おかあさんはわたしの前にしゃがんで、わたしの目をのぞきこんでいた。わたしは泣いていた。

痛くて閉じようとする目を、おかあさんが無理に指でひろげた。わたしはのけぞって逃れようとしたが、おかあさんの力は強かった。わたしをおさえつけて、わたしの目を舌でぺろんとなめた。

わたしは目を開いた。もうどこも痛くなかった。

おかあさんのうしろで、ブランコがひとりでゆれていた。ぎいこぎいこ。ぎいこぎいこ。

おかあさんはわらっていた。顔全体で。

ブランコがゆれていた、一瞬のことだった。

「おかあさん。」

わたしはおかあさんに言った。

「思い出したよ。」

おかあさんはこたえなかった。ふと、ゆれるブランコをふりかえった。

「おかあさん、おうちに帰ろう。」

わたしはおかあさんの腕を離し、手をつなぎなおした。おかあさんはつながれた手を見てから、顔を上げて、わたしをみつめた。

「おねえちゃん、だれ?」

わたしはわらって、こたえた。

「かよちゃんだよ。今から、ふうちゃんのおうちに、連れてかえってあげるからね。」

「かよちゃん。」

「そう、かよちゃんだよ。」

わたしがわらいかけるのにつられたように、おかあさんはわたしの手につながったまま、こわばった唇のはしだけでわらった。

みわの家はこの先。わたしはおかあさんとならんで、歩きだした。

これから、おかあさんを捨てていく。みわの家に捨てていく。

おかあさんを捨てても、わたしは、この記憶を持っていこう。

雨にけぶるブランコをふりかえって、誓った。

この記憶だけは忘れないで、持っていこう。わたしが年を取って、なにもかも忘れてしまっても。

わたしは雨の中で、おかあさんの手をにぎりしめた。

中脇初枝 なかわき・はつえ
1974年、徳島県生まれ、高知県育ち。高知県立中村高等学校在学中に、
小説『魚のように』で第二回坊っちゃん文学賞を受賞してデビュー。
1996年、筑波大学卒業。小説作品に『祈祷師の娘』『あかい花』、
絵本に『こりゃまてまて』『あかいくま』などがある。神奈川県在住。

きみはいい子

2012年5月20日　第1刷発行
2012年7月14日　第8刷発行

著者　中脇初枝

発行者　坂井宏先

編集　藤田沙織

発行所　株式会社 ポプラ社
〒160-8565 東京都新宿区大京町22-1
電話 03-3357-2212（営業）
03-3357-2305（編集）　0120-666-553（お客様相談室）
FAX 03-3359-2359（ご注文）
振替 00140-3-149271
一般書編集局ホームページ http://www.poplarbeech.com/

印刷・製本　中央精版印刷株式会社

N.D.C.913/319P/20cm ISBN 978-4-591-12938-8